古事記物語

鈴木三重吉

ハルキ文庫

角川春樹事務所

本文イラスト　原田俊二

古事記物語／目次

古事記物語

女《め》神《がみ》の死

一

世界が出来たそもそものはじめ、まず天と地とが出来上がりますと、それといっしょに、われわれ日本人のいちばんご先祖の、天御中主神《あめのみなかぬしのかみ》とおっしゃる神さまが、天の上の高天原《たかまのはら》というところへお生まれになりました。そのつぎには高皇産霊神《たかみむすびのかみ》、神産霊神《かみむすびのかみ》のお二方《ふたかた》がお生まれになりました。

そのときには、天も地もまだしっかり固《かた》まりきらないで、両方とも、ただ、油を浮《う》かしたように、とろとろになって、水母《くらげ》のように、ふわりふわりと浮かんでおりました。その中へ、ちょうど葦《あし》の芽《め》が生《は》え出るように、二人の神さまがお生まれになりました。

それからまたお二人、そのつぎには男神《おがみ》女神《めがみ》とお二人ずつ、八人の神さまが、つぎつぎにお生まれになったのちに、伊弉諾神《いざなぎのかみ》と伊弉冉神《いざなみのかみ》とおっしゃる男神女神がお生まれになりました。

天御中主神《あめのみなかぬしのかみ》はこのお二方《ふたかた》の神さまをお召《め》しになって、

「あの、ふわふわしている地を固《かた》めて、日本《にほん》の国を作りあげよ」

とおっしゃって、りっぱな矛《ほこ》をひとふりお授《さず》けになりました。

それでお二人は、さっそく、天《あめ》の浮橋《うきはし》という、雲の中に浮かんでいる橋の上へお出ましになって、いただいた矛《ほこ》でもって、下の、とろとろしているところをかきまわして、さっとお引きあげになりますと、その矛の刃先《はさき》についた潮水《しおみず》が、ぽたぽたと下へおちて、それが固《かた》まって一つの小さな島になりました。

お二人はその島へおりていらしって、そこへ御殿《ごてん》をたててお住まいになりました。そして、まずいちばんさきに淡路島《あわじしま》をおこしらえになり、それから伊予《いよ》、讃岐《さぬき》、阿波《あわ》、土佐《と さ》とつづいた四国《しこく》の島と、そのつぎには隠岐《おき》の島、それから、そのじぶん筑紫《つくし》といった今の九州《きゅうしゅう》と、壱岐《いき》、対島《つしま》、佐渡《さど》の三つの島をお作りになりました。そして、いちばんしまいに、とかげの形をした、いちばん大きな本州《ほんしゅう》をおこしらえになって、それに大日本豊秋津島《おおやまととよあきつしま》というお名まえをおつけになりました。

これで、淡路《あわじ》の島からかぞえて、すっかりで八つの島が出来ました。ですからいちばんはじめには、日本のことを、大八島国《おおやしまぐに》とよび、またの名を豊葦原水穂国《とよあしはらのみずほのくに》とも称《とな》えていました。

こうして、いよいよ国が出来上がったので、お二人は、こんどはおおぜいの神さまをお生みになりました。それといっしょに、風の神や、海の神や、山の神、野の神、川の神、火の神をもお生みになりました。ところがおいたわしいことには、伊弉冉神《いざなみのかみ》は、そのおしまいの火の神をお生みになるときに、おからだにお火傷《やけど》をなすって、そのためにとうとうおかくれになりました。

伊弉諾神《いざなぎのかみ》は、

「ああ、わが妻《つま》の神よ、あの一人の子ゆえに、大事なおまえを亡《な》くするとは」とおっしゃって、それはそれはたいそうお嘆《なげ》きになりました。そして、お涙《なみだ》のうちに、やっと、女神《めがみ》のお空骸《なきがら》を、出雲《いずも》の国と伯耆《ほうき》の国とのさかいにある比婆《ひば》の山にお葬《ほうむ》りになりました。

女神は、そこから、黄泉《よみ》の国という、死んだ人の行く真っ暗な国へ立っておしまいになりました。

伊弉諾神《いざなぎのかみ》は、そのあとで、さっそく十拳《とつか》の剣《つるぎ》という長い剣《つるぎ》を引きぬいて、女神の災《わざわい》のもとになった火の神を、ひとうちに斬《き》り殺しておしまいになりました。

しかし、神のお悔《くや》しみはそんなことでお癒《い》えになるはずもありませんでした。神は、どうかしてもう一度、女神に会いたくおぼしめして、とうとうそのお後《あと》を追って、真っ暗な黄泉《よみ》の国までお出かけになりました。

二

女神《めがみ》はむろん、もうとっくに、黄泉《よみ》の神の御殿《ごてん》に着いていらっしゃいました。

すると、そこへ、夫の神が、はるばるたずねておいでになったので、女神は急いで戸口へお出迎えになりました。

伊弉諾神《いざなぎのかみ》は、真っ暗な中から、女神をおよびかけになって、

「いとしきわが妻《つま》の女神よ。おまえといっしょに作る国が、まだ出来上がらないでいる。どうぞもう一度帰ってくれ」とおっしゃいました。すると女神は、残念そうに、

「それならば、もっと早く迎えにいらしってくださいませばよいものを。わたくしはもはや、この国の穢《けが》れた火で炊《た》いたものを食べましたから、もう二度とあちらへ帰ること

はできますまい。しかし、せっかくおいでくださいましたのですから、ともかくいちおう黄泉《よみ》の神たちに相談をしてみましょう。どうぞその間は、どんなことがありましても、けっしてわたくしの姿《すがた》をご覧《らん》にならないでくださいましな。後生《ごしょう》でございますから」と、女神《めがみ》はかたくそう申しあげておいて、御殿《ごてん》の奥《おく》へおはいりになりました。

伊弉諾神《いざなぎのかみ》は永《なが》いあいだ戸口にじっと待っていらっしゃいました。しかし、女神は、それなり、いつまでたっても出ていらっしゃいません。伊弉諾神《いざなぎのかみ》は、しまいには、もう待ちどおしくてたまらなくなって、とうとう、左の鬢《びん》の櫛《くし》をおぬきになり、その片《かた》はしの大歯《おおは》を一本欠《か》き取って、それへ火をともして、わずかに闇《やみ》の中をてらしながら、足さぐりに、御殿《ごてん》のなか深くはいっておいでになりました。

そうすると、御殿《ごてん》のいちばん奥《おく》に、女神は寝《ね》ていらっしゃいました。そのお姿《すがた》を灯《あか》りでご覧《らん》になりますと、おからだじゅうは、もうすっかりべとべとに腐《くさ》りくずれていて、臭《くさ》い臭いいやなにおいが、ぷんぷん鼻へきました。そして、そのべとべとに腐ったからだじゅうには蛆《うじ》がうようよとたかっておりました。それから、頭と、胸と、お腹《なか》と、両《りょう》股《もも》と、両手両足のところには、その穢《けが》れから生まれた雷神《らいじん》が一人ずつ、すべてで八人で、おそろしい顔をしてうずくまっておりました。

伊弉諾神《いざなぎのかみ》は、そのありさまをご覧《らん》になると、びっくりなすって、おそろしさのあまりに、急いで逃《に》げ出しておしまいになりました。

女神《めがみ》はむっくと起きあがって、

「おや、あれほどお止め申しておいたのに、とうとうわたしのこの姿《すがた》をご覧《らん》になりましたね。まあ、なんという憎《にく》いお方《かた》でしょう。人にひどい恥《はじ》をおかかせになった。ああ、くやしい」と、それはそれはひどくお怒《いか》りになって、さっそく女の悪鬼《わるおに》たちをよんで、「さあ、早く、あの神をつかまえておいで」と、歯がみをしながらお言いつけになりました。

女の悪鬼《わるおに》たちは、

「おのれ、待て」と言いながら、どんどん追っかけてゆきました。

伊弉諾神《いざなぎのかみ》は、その鬼《おに》どもにつかまってはたいへんだとおぼしめして、走りながら、髪《かみ》の飾《かざ》りにさしてある黒い葛《かつら》の葉を抜き取っては、どんどん後ろへお投げつけになりました。

そうすると、見る見るうちに、その葛《かつら》の葉のおちたところへ、ぶどうの実がふさふさと実《な》りました。女鬼《おんなおに》どもは、いきなりそのぶどうを取って食べはじめました。

神はその間に、いっしょうけんめいにかけだして、やっと少しばかり逃《に》げのびたとお思いになりますと、女鬼《おんなおに》どもは、まもなく、またじき後ろまで追いつめてきました。

神は、

「おや、これはいけない」とお思いになって、こんどは、右の鬢《びん》の櫛《くし》をぬいて、その歯をひっ欠いては投げつけ、ひっ欠いては投げつけなさいました。そうすると、その櫛の歯が、片《かた》はしから筍《たけのこ》になってゆきました。

女鬼《おんなおに》たちはその筍《たけのこ》を見ると、またさっそく引きぬいて、もぐもぐ食べだしました。

伊弉諾神《いざなぎのかみ》は、そのすきをねらって、こんどこそは、だいぶ向こうまでお逃《に》げになりました。そしてもうこれなら大丈夫だろうとおぼしめして、ひょいと後ろをふりむいてご覧《らん》になりますと、意外にも、こんどはさっきの女神《めがみ》のまわりにいた八つの雷神《らいじん》どもが、千五百人の鬼《おに》の軍勢《ぐんぜい》をひきつれて、死にものぐるいで追っかけてくるではありませんか。

神はそれをご覧《らん》になると、あわてて十拳《とつか》の剣《つるぎ》を抜きはなして、それでもって後ろをぐんぐん切りまわしながら、それこそいっしょうけんめいにお逃《に》げになりました。そして、ようよう、この世界と黄泉《よみ》の国との境《さかい》になっている、黄泉比良坂《よもつひらざか》という坂の下まで逃げのびていらっしゃいました。

三

すると、その坂の下には桃《もも》の木が一本ありました。

神はその桃の実を三つ取って、鬼《おに》どもが近づいてくるのを待ち受けていらしって、その三つの桃を力いっぱいにお投げつけになりました。そうすると、雷神《らいじん》たちはびっくりして、みんなちりぢりばらばらに逃《に》げてしまいました。

神はその桃に向かって、

「おまえは、これから先も、日本《にほん》じゅうのものがだれでも苦しい目にあっているときには、今わしを助けてくれたとおりに、みんな助けてやってくれ」とおっしゃって、わざわざ大神実命《おおかんつみのみこと》というお名前をおやりになりました。

そこへ、女神《めがみ》は、とうとうじれったくおぼしめして、こんどはご自分で追っかけていらっしゃいました。神はそれをご覧《らん》になると、急いでそこにあった大きな大岩《おおいわ》をひっかかえていらしって、それを押しつけて、坂の口をふさいでおしまいになりました。

女神は、その岩にさえぎられて、それより先へはひと足もふみ出すことができないも

のですから、恨《うら》めしそうに岩を睨《にら》めつけながら、

「わが夫の神よ、それではこのしかえしに、日本《にほん》じゅうの人を一日に千人ずつ絞《し》め殺してゆきますから、そう思っていらっしゃいまし」とおっしゃいました。神は、

「わが妻《つま》の神よ、おまえがそんなひどいことをするなら、わしは日本じゅうに一日に千五百人の子供を生ませるから、いっこうかまわない」とおっしゃって、そのまま、どんどんこちらへお帰りになりました。

神は、

「ああ、穢《きたな》いところへ行った。急いでからだを洗って、穢《けが》れをはらおう」とおっしゃって、日向《ひゅうが》の国の阿《あ》波《わ》岐《き》原《はら》というところへお出かけになりました。

そこにはきれいな川が流れていました。

神はその川の岸へ杖《つえ》をお投げすてになり、それからお帯《おび》やお下《した》ばかまやお上衣《うわぎ》や、お冠《かんむり》や、右左《みぎひだり》のお腕《うで》にはまった腕輪《うでわ》などを、すっかりお取りはずしになりました。そうすると、それだけのものを一つ一つお取りになるたんびに、ひょいひょいと一人ずつ、すべてで十二人の神さまがお生まれになりました。

神は、川の流れをご覧《らん》になりながら、

「上《かみ》の瀬《せ》は瀬が早い、
　下《しも》の瀬は瀬が弱い」
とおっしゃって、ちょうどいいころあいの、中ほどの瀬《せ》にお下《お》りになり、水をかぶって、おからだじゅうをお洗いになりました。すると、からだについた穢《けが》れのために、二人の禍《わざわい》の神が生まれました。それで伊弉諾神《いざなぎのかみ》は、その神がつくりだす禍《わざわい》をお除《と》りになるために、こんどは三人のよい神さまをお生みになりました。

それから水の底へもぐって、おからだをお清めになるときに、またお二人の神さまがお生まれになり、そのつぎに、水の中にこごんでお洗いになるときにもお二人、それから水の上へ出ておすすぎになるときにもお二人の神さまがお生まれになりました。そしてしまいに、左の目をお洗いになると、それといっしょに、それはそれは美しい、貴《とうと》い女神《めがみ》がお生まれになりました。

伊弉諾神《いざなぎのかみ》は、この女神《めがみ》さまに天照大神《あまてらすおおかみ》というお名前をおつけになりました。そのつぎに右のお目をお洗いになりますと、月読命《つきよみのみこと》という神さまがお生まれになり、いちばんしまいにお鼻をお洗いになるときに、建速須佐之男命《たけはやすさのおのみこと》という神さまがお生まれになりました。

伊弉諾神《いざなぎのかみ》はこのお三方《さんかた》をご覧《らん》になって、

「わしもこれまでいくたりも子供を生んだが、とうとうしまいに、一等よい子供を生んだ」と、それはそれは大喜びをなさいまして、さっそく玉のお頸飾《くびかざ》りをおはずしになって、それをさらさらと揺《ゆ》り鳴らしながら、天照大神《あまてらすおおかみ》におあげになりました。そして、

「おまえは天へのぼって高天原《たかまのはら》を治めよ」とおっしゃいました。それから月読命《つきよみのみこと》には、

「おまえは夜の国を治めよ」とお言いつけになり、三ばんめの須佐之男命《すさのおのみこと》には、

「おまえは大海《おおうみ》の上を治めよ」とお言いわたしになりました。

天《あめ》の岩屋《いわや》

一

天照大神《あまてらすおおかみ》と、二番めの弟さまの月読命《つきよみのみこと》とは、お父さまのご命令に従《したが》って、それぞれ大空と夜の国とをお治めになりました。

ところが末《すえ》のお子さまの須佐之男命《すさのおのみこと》だけは、お父さまのお言いつけをお聞きにならないで、いつまでたっても大海《おおうみ》を治めようとなさらないばかりか、りっぱな長いおひげが胸《むね》の上まで垂《た》れさがるほどの、大きなおとなにおなりになっても、やっぱり、赤んぼうのように、たえまもなくわんわんわんわんお泣きくるいになって、どうにもこうにも手のつけようがありませんでした。そのひどいお泣きかたといったら、それこそ、青い山々の草木も、やかましい泣き声で泣き枯《か》らされてしまい、河《かわ》や海の水も、その火のつくような泣き声のために、すっかり干上《ひあ》がったほどでした。

　すると、いろんな悪い神々たちが、そのさわぎにつけこんで、わいわいとうるさくさわぎまわりました。そのおかげで、地の上には、ありとあらゆる災《わざわい》が一どきに起こってきました。

　伊弉諾命《いざなぎのみこと》は、それをご覧《らん》になると、びっくりなすって、さっそく、須佐之男命《すさのおのみこと》をおよびになって、

「いったい、おまえは、わしの言うことも聞かないで、何をそんなに泣きくるってばかりいるのか」と、きびしくお咎《とが》めになりました。

　すると須佐之男命《すさのおのみこと》は、むきになって、

「わたしは、お母さまのおそばへ行きたいから泣くのです」とおっしゃいました。

　伊弉諾命《いざなぎのみこと》はそれをお聞きになると、たいそうお腹立《はらだ》ちになって、

「そんな勝手《かって》な子は、この国へおくわけにはゆかない。どこへなりと出てゆけ」とおっしゃいました。

　命《みこと》は平気で、

「それでは、お姉上《あねうえ》さまにおいとま乞《ご》いをしてこよう」とおっしゃりながら、そのまま

大空の上の、高天原《たかまのはら》をめざして、どんどんのぼっていらっしゃいました。

するとこ、力の強い、大男の命《みこと》ですから、力いっぱいずしんずしんと乱暴《らんぼう》にお歩きになると、山も川もめりめりと揺《ゆ》るぎだし、世界じゅうがみしみしと震《ふる》い動きました。

天照大神《あまてらすおおかみ》は、その響《ひび》きにびっくりなすって、

「弟があんな勢《いきお》いでのぼってくるのは、必ずただごとではない。きっとわたしの国を奪《うば》い取ろうと思って出てきたに相違《そうい》ない」

こうおっしゃって、さっそく、お身じたくをなさいました。女神《めがみ》はまず急いで髪《かみ》をといて、男髷《おとこまげ》にお結《ゆ》いになり、両方の鬢《びん》と両方の腕《うで》とに、八尺《やさか》の曲玉《まがたま》というりっぱな玉の飾《かざ》りをおつけになりました。そして、お背中には、五百本、千本というたいそうな矢をお負《お》いになり、右手に弓を取って、お突き立てになりながら、勢《いきお》いこんで、足をふみ鳴らして待ちかまえていらっしゃいました。そのきついお力ぶみで、お庭の堅《かた》い土が、まるで粉雪《こなゆき》のようにもうもうと飛びちりました。

二

まもなく須佐之男命《すさのおのみこと》は大空へお着きになりました。

女神《めがみ》はそのお姿《すがた》をご覧《らん》になると、声を張りあげて、

「命《みこと》、そちは何をしに来た」と、いきなりお叱《しか》りつけになりました。

「いえ、わたしはけっして悪いことをしにまいったのではございません。すると命は、わたしの泣いているのをご覧《らん》になって、なぜ泣くかとお咎《とが》めになったので、お父さまが、お母上《ははうえ》のいらっしゃるところへ行きたいからですと申しあげると、たいそうお怒《おこ》りになって、いきなり、出て行ってしまえとおっしゃるので、あなたにおわかれをしにまいったのです」

と、お言いわけをなさいました。

でも女神《めがみ》はすぐにはご信用にならないで、

「それではおまえに悪い心のない証拠《しょうこ》を見せよ」と、おっしゃいました。命《みこと》は、

「ではお互《たが》いに子を生んであかしを立てましょう。生まれた子によって、二人の心のよしあしがわかります」とおっしゃいました。

そこでご姉弟《きょうだい》は、天安河《あめのやすのかわ》という河《かわ》の両方の岸に分かれてお立ちになりました。そしてまず女神《めがみ》が、いちばん先に、命《みこと》の十拳《とつか》の剣《つるぎ》をお取りになって、それを三つに折って、天真名井《あめのまない》という井戸《いど》で洗って、がりがりとお噛《か》みになり、ふッと霧《きり》をお吹きになりますと、そのお息の中から、三人の女神がお生まれになりました。

そのつぎには命《みこと》が、女神の左の鬢《びん》におかけになっている、八尺《やさか》の曲玉《まがたま》の飾《かざ》りをいただいて、玉の音《おと》をからからいわせながら、天真名井《あめのまない》という井戸《いど》で洗いすすいで、それをがりがり噛《か》んで霧《きり》をお吹き出しになりますと、それといっしょに一人の男の神さまがお生まれになりました。その神さまが、天忍穂耳命《あめのおしほみみのみこと》です。

それからつぎには、女神の右の鬢《びん》の玉飾《たまかざ》りをお取りになって、先《せん》と同じようにして息をお吹きになりますと、その中からまた男の神が一人お生まれになりました。

つづいてこんどは、お鬘《かずら》の玉飾《たまかざ》りを受け取って、やはり真名井《まない》で洗って、がりがり噛《か》んで息をお吹きになりますと、その中から、また男の神が一人お生まれになり、いちばんしまいに、女神《めがみ》の右と左のお腕《うで》の玉飾りを噛んで、息をお吹きになりますと、そのたんびに、同じ男神《おがみ》が一人ずつ――これですべてで五人の男神がお生まれになりました。

天照大神《あまてらすおおかみ》は、

「はじめに生まれた三人の女神《めがみ》は、おまえの剣《つるぎ》から出来たのだから、おまえの子だ、あとの五人の男神《おがみ》は、わたしの玉飾《たまかざ》りから出来たのだから、わたしの子だ」とおっしゃいました。

命《みこと》は、

「そうら、わたしが勝った。わたしになんの悪心《あくしん》もない印《しるし》には、わたしの子は、みんなおとなしい女神《めがみ》ではありませんか。どうです、それでもわたしは悪人《あくにん》ですか」と、それはそれは大いばりにおいばりになりました。そして、その勢《いきお》いにのってお暴《あば》れだしになって、女神がお作らせになっている田の畔《あぜ》をこわしたり、みぞを埋《う》めたり、しまいには女神がお初穂《はつほ》を召《め》しあがる御殿《ごてん》へ、うんこをひりちらすというような、ひどい乱暴《らんぼう》をなさいました。

ほかの神々は、それを見て呆《あき》れてしまって、女神《めがみ》に言いつけにまいりました。

しかし女神《めがみ》はちっともお怒《おこ》りにならないで、

「なに、ほっておけ。けっして悪い気でするのではない。きたないものは、酔《よ》ったまぎれに吐《は》いたのであろう。畔《あぜ》やみぞをこわしたのは、せっかくの地面を、そんなみぞなぞにしておくのが惜《お》しいからであろう」

こうおっしゃって、かえって命《みこと》をかばっておあげになりました。

すると命《みこと》は、ますます図にのって、しまいには、女たちが女神《めがみ》のお召《め》しものを織っている、機織場《はたおりば》の屋根を破《やぶ》って、その穴から、斑《ぶち》の馬の皮をはいで、血まぶれにしたのを、どしんと投げこんだりなさいました。機織女《はたおりおんな》は、びっくりして逃《に》げまどうはずみに、梭《おさ》で下腹《したはら》を突いて死んでしまいました。

女神《めがみ》は、命《みこと》のあまりの乱暴《らんぼう》さにとうとういたたまれなくおなりになって、天《あめ》の岩屋《いわや》という石室《いしむろ》の中へお隠《かく》れになりました。そして入口の岩の戸をぴっしりとお閉《し》めになったきり、そのままひきこもっていらっしゃいました。

すると女神《めがみ》は日の神さまでいらっしゃるので、そのお方《かた》がお姿《すがた》をお隠《かく》しになるといっしょに、高天原《たかまのはら》も下界《げかい》の地の上も、一度にみんな真っ暗がりになって、それこそ、昼と夜との区別もない、長い長い闇《やみ》の世界になってしまいました。

そうすると、いろいろの悪い神たちが、その暗がりにつけこんで、わいわいとさわぎだしました。そのために世界じゅうには、ありとあらゆる禍《わざわい》が、一度にわきあがってきました。

そんなわけで、大空の神々たちは、たいそうお困《こま》りになりまして、みんなで安河原《やすのかわら》という、空の上の河原《かわら》に集まって、どうかして、天照大神《あまてらすおおかみ》に岩屋《いわや》からお出ましになっていただく方法はあるまいかといっしょうけんめいに、相談をなさいました。

そうすると、思金神《おもいかねのかみ》という、いちばんかしこい神さまが、いいことをお考えつきになりました。

みんなはその神のさしずで、さっそく、にわとりをどっさり集めてきて、岩屋《いわや》の前で、ひっきりなしに鳴かせました。

それから一方では、安河《やすのかわ》の河上《かわかみ》から固《かた》い岩をはこんできて、それを鉄床《てつどこ》にして、八咫《やた》の鏡《かがみ》というりっぱな鏡を作らせ、八尺《やさか》の曲玉《まがたま》というりっぱな玉で胸飾《むねかざ》りを作らせました。

そして、天香具山《あめのかぐやま》という山から、榊《さかき》を根《ね》ぬきにしてきて、その上のほうの枝《えだ》へ、八尺《やさか》の曲玉《まがたま》をつけ、中ほどの枝へ八咫《やた》の鏡《かがみ》をかけ、下の枝へは、白や青の布《きれ》をつりさげました。

そして、ある一人の神さまが、その榊《さかき》を持って天《あめ》の岩屋《いわや》の前に立ち、ほかの一人の神さまが、そのそばで祝詞《のりと》をあげました。

それからやはり岩屋の前へ、空《あ》き樽《だる》を伏《ふ》せて、天宇受女命《あめのうずめのみこと》という女神《めがみ》に、天香具山《あめのかぐやま》の葛《かつら》の蔓《つる》をたすきにかけさせ、葛の葉を髪飾《かみかざ》りにさせて、その桶《おけ》の上へあがって踊《おど》りを踊らせました。

宇受女命《うずめのみこと》は、お乳《ちち》もお腹《なか》も股《もも》もまるだしにして、足をとんとんふみならしながら、まるでつきものでもしたように、くるくるくるくると踊《おど》りくるいました。

するとそのようすがいかにもおかしいので、何千人という神たちが、一度にどっとふきだして、みんなでころがりまわって笑いました。そこへにわとりは声をそろえて、コッケコー、コッケコーと鳴きたてるので、そのさわぎといったら、まったく耳もつぶれるほどでした。

天照大神《あまてらすおおかみ》は、そのたいそうなさわぎの声をお聞きになると、何ごとが起こったのかとおぼしめして、岩屋の戸を細めにあけて、そっとのぞいてご覧《らん》になりました。そして宇《う》受女命《ずめのみこと》に向かって、

「これこれ、わたしがここにかくれていれば、空の上も真っ暗なはずだのに、おまえはなにをおもしろがって踊《おど》っているのか。ほかの神々たちも、なんであんなに笑いくずれているのか」とおたずねになりました。

すると宇受女命《うずめのみこと》は、

「それは、あなたよりも、もっと貴《とうと》い神さまが出ていらっしゃいましたので、みんなが喜んでさわいでおりますのでございます」と申しあげました。

それと同時に一人の神さまは、例の、八咫《やた》の鏡《かがみ》をつけた榊《さかき》を、ふいに大神《おおかみ》の前へ突き出しました。鏡には、さっと、大神のお顔がうつりました。大神はそのうつった顔をご覧《らん》になると、

「おや、これはだれであろう」とおっしゃりながら、もっとよく見ようとおぼしめして、少しばかり戸の外へお出ましになりました。

すると、さっきから、岩屋《いわや》のそばにかくれて待ちかまえていた、手力男命《たぢからおのみこと》という大力《たいりき》の神さまが、いきなり、女神《めがみ》のお手を取って、すっかり外へお引き出し申しました。それといっしょに、一人の神さまは、女神のお後ろへまわって、

「どうぞ、もうこれから内へはおはいりくださいませんように」と申しあげて、そこへしめなわを張りわたしてしまいました。

それで世界じゅうは、やっと長い夜《よ》があけて、ふたたび明るい昼が来ました。

神々たちは、それでようやく安心なさいました。そこでさっそく、みんなで相談して、須佐之男命《すさのおのみこと》には、あんなひどい乱暴《らんぼう》をなすった罰《ばつ》として、ご身代《しんだい》をすっかりさし出させ、そのうえに、りっぱなおひげも切りとり、手足の爪《つめ》まではぎとって、下界へ追いくだしてしまいました。

そのとき須佐之男命《すさのおのみこと》は、大気都比売命《おおけつひめのみこと》という女神《めがみ》に、何かものを食べさせよとおおせになりました。大気都比売命《おおけつひめのみこと》は、おことばに従《したが》って、さっそく、鼻の穴や口の中からいろいろの食べものを出して、それをいろいろにお料理してさしあげました。

すると須佐之男命《すさのおのみこと》は大気都比売命《おおけつひめのみこと》のすることを見ていらしって、

「こら、そんな、おまえの口や鼻から出したものがおれに食えるか。無礼なやつだ」と、たいそうお腹立《はらだ》ちになって、いきなり剣《つるぎ》をぬいて、大気都比売命《おおけつひめのみこと》をひとうちに斬《き》り殺しておしまいになりました。

そうすると、その死骸《しがい》の頭から、蚕《かいこ》が生まれ、両方の目に稲《いね》が実《な》り、二つの耳に粟《あわ》が実《な》りました。それから鼻には小豆《あずき》が実《な》り、お腹《なか》に麦《むぎ》と大豆《だいず》とが実《な》りました。

それを神産霊神《かみむすびのかみ》がお取り集めになって、日本《にほん》じゅうの穀物《こくもつ》の種になさいました。

須佐之男命《すさのおのみこと》は、そのまま下界へおりておいでになりました。

八俣《やまた》の大蛇《おろち》

一

須佐之男命《すさのおのみこと》は、大空から追いおろされて、出雲《いずも》の国の、肥《ひ》の河《かわ》の河上《かわかみ》の、鳥髪《とりかみ》というところへおくだりになりました。

すると、その河《かわ》の中に箸《はし》が流れてきました。命《みこと》は、それをご覧《らん》になって、

「では、この河《かわ》の上《かみ》のほうには人が住んでいるな」とお察しになり、さっそくそちらのほうへ向かって探《さが》し探しおいでになりました。そうすると、あるおじいさんとおばあさんとが、真ん中に一人の娘《むすめ》をすわらせて三人でおんおん泣いておりました。

命《みこと》は、おまえたちは何ものかとおたずねになりました。

おじいさんは、

「わたくしは、この国の大山津見《おおやまつみ》と申します神の子で、足名椎《あしなずち》と申しますものでございます。妻《つま》の名は手名椎《てなずち》、この娘《むすめ》の名は櫛名田媛《くしなだひめ》と申します」とお答えいたしました。

命《みこと》は、

「それで三人ともどうして泣いているのか」と、かさねてお聞きになりました。

おじいさんは涙《なみだ》をふいて、

「わたくしたち二人には、もとは八人の娘《むすめ》がおりましたのでございますが、その娘たちを、八俣《やまた》の大蛇《おろち》と申しますおそろしい大蛇《だいじゃ》が、毎年出てきて、一人ずつ食べていってしまいまして、とうとうこの子一人だけになりました。そういうこの子も、今にその大蛇《だいじゃ》が食べにまいりますのでございます」

こう言って、みんなが泣いているわけをお話しいたしました。

「いったいその大蛇《だいじゃ》はどんな形をしている」と、命《みこと》はお聞きになりました。

「その大蛇《だいじゃ》と申しますのは、からだは一つでございますが、頭と尾《お》は八つにわかれておりまして、その八つの頭には、赤ほおずきのような真っ赤な目が、燃《も》えるように光っております。それから、からだじゅうには、苔《こけ》や、檜《ひのき》や杉《すぎ》の木なぞが生《は》え茂《しげ》っております。

そのからだのすっかりの長さが、八つの谷と八つの山のすそをとりまくほどの、大きな大きな大蛇《だいじや》でございます。その腹《はら》はいつも血にただれて真っ赤になっております」と、おそろしそうにお話しいたしました。命《みこと》は、

「ふん、よしよし」とおうなずきになりました。そして改めておじいさんに向かって、

「その娘《むすめ》はおまえの子ならば、わしのお嫁《よめ》にくれないか」とおっしゃいました。

「お言葉ではございますが、あなたさまはどこのどなただか存じませんので」と、おじいさんはあやぶんでおそるおそるこう申しました。命《みこと》は、

「じつはおれは天照大神《あまてらすおおかみ》の同じ腹《はら》の弟で、たった今、大空からおりてきたばかりだ」と、うちあけてお名前をおっしゃいました。すると、足名椎《あしなずち》も手名椎《てなずち》も、

「さようでございますか。これはこれはおそれ多い。それでは、おおせのままさしあげますでございます」と、両手をついて申しあげました。

命《みこと》は、櫛名田媛《くしなだひめ》をおもらいになると、たちまち媛《ひめ》を櫛《くし》に化《ば》けさせておしまいになりました。そして、その櫛をすぐにご自分の鬢《びん》の巻髪《まきがみ》におさしになって、足名椎《あしなずち》と手名椎《てなずち》に向かっておっしゃいました。

「おまえたちは、これから米を嚙《か》んで、よい酒をどっさりつくれ。それから、ここへぐ

るりと垣《かき》をこしらえて、その垣へ、八《や》ところに門をあけよ。そしてその門のうちへ、一つずつ桟敷《さじき》をこしらえて、その桟敷の上に、大おけを一つずつおいて、その中へ、二人でこしらえたよい酒を一ぱい入れて待っておれ」とお言いつけになりました。

二人は、おおせのとおりに、すっかり準備をととのえて、待っておりました。そのうちに、そろそろ大蛇《だいじゃ》の出てくる時間が近づいてきました。

命《みこと》は、それを聞いて、じっと待ちかまえていらっしゃいますと、まもなく、二人が言ったように、大きな大きな八俣《やまた》の大蛇《おろち》が、大きな真っ赤な目をぎらぎら光らして、のそのそと出てきました。

大蛇《だいじゃ》は、目の前に八つの酒《さか》おけがならんでいるのを見ると、いきなり八つの頭を一つずつその中へ突っこんで、そのたいそうなお酒を、がぶがぶがぶがぶとまたたくまに飲みほしてしまいました。そうするとまもなくからだじゅうに酔《よ》いがまわって、その場へ倒《たお》れたなり、ぐうぐう寝入《ねい》ってしまいました。

須佐之男命《すさのおのみこと》は、そっとその寝息《ねいき》をうかがっていらっしゃいましたが、やがて、さあ今だとお思いになって、十拳《とつか》の剣《つるぎ》を引きぬくが早いか、おのれ、おのれと、つづけさまにお切りつけになりました。そのうちに八つの尾《お》のなかの、中ほどの尾をお切りつけになりますと、その尾の中に何か固《かた》いものがあって、剣《つるぎ》の刃先《はさき》が、少しばかりほろりと欠けました。

命《みこと》は、

「おや、変だな」とおぼしめして、そのところを切りさいてご覧《らん》になりますと、中から、それはそれは刃《は》の鋭《するど》い、りっぱな剣《つるぎ》が出てきました。命《みこと》は、これはふしぎなものが手にはいったとお思いになりました。その剣はのちに天照大神《あまてらすおおかみ》へご献上《けんじょう》になりました。

命《みこと》はとうとう、大きな大きな大蛇《だいじゃ》の胴体《どうたい》をずたずたに切り刻《きざ》んでおしまいになりました。そして、

「足名椎《あしなずち》、手名椎《てなずち》、来てみよ。このとおりだ」とおよびになりました。

二人はがたがたふるえながら出てみますと、そこいら一面は、きれぎれになった大蛇《だいじゃ》の胴体《どうたい》からふき出る血でいっぱいになっておりました。その血がどんどん肥《ひ》の河《かわ》へ流れこんで、川の水も真っ赤になって落ちてゆきました。

命《みこと》はそれから、櫛名田媛《くしなだひめ》とお二人で、そのまま出雲《いずも》の国にお住まいになるおつもりで、御殿《ごてん》をお建てになるところを、そちこちと、さがしてお歩きになりました。そして、しまいに、須加《すが》というところまでおいでになると、

「ああ、ここへ来たら、心持ちがせいせいしてきた。これはよいところだ」とおっしゃって、そこへ御殿《ごてん》をお建てになりました。そして、足名椎神《あしなずちのかみ》をそのお宮《みや》の役人の頭《かしら》になさいました。

命《みこと》にはつぎつぎにお子さまお孫さまがどんどんお出来になりました。その八代めのお孫さまのお子さまに、大国主神《おおくにぬしのかみ》、またの名を大穴牟遅神《おおなむちのかみ》とおっしゃるりっぱな神さまがお生まれになりました。

むかでの室《むろ》、蛇《へび》の室《むろ》

一

この大国主神《おおくにぬしのかみ》には、八十神《やそがみ》といって、何十人というほどの、おおぜいのご兄弟がおありになりました。

その八十神《やそがみ》たちは、因幡《いなば》の国に、八上媛《やがみひめ》という美しい女の人がいると聞き、みんなてんでんに、自分のお嫁《よめ》にもらおうと思って、一同でつれだって、はるばる因幡へ出かけてゆきました。

みんなは、大国主神《おおくにぬしのかみ》が、おとなしい方《かた》なのをよいことにして、この方をお供《とも》の代わりに使って、袋《ふくろ》を背負《せお》わせてついてこさせました。そして、因幡《いなば》の気多《けた》という海岸まで来ますと、そこに、毛のない赤裸《あかはだか》のうさぎが、地びたにころがって、苦しそうにからだじゆうで息をしておりました。

八十神《やそがみ》たちはそれを見ると、

「おいうさぎよ。おまえ、からだに毛がはやしたければ、この海の潮《しお》につかって、高い山の上で風に吹かれて寝《ね》ておれ。そうすれば、すぐに毛がいっぱいはえるよ」とからかいました。うさぎはそれを本当にして、さっそく海につかって、ずぶぬれになって、よちよちと山へのぼって、そのまま寝ころんでおりました。

するとその潮水《しおみず》がかわくにつれて、からだじゅうの皮がひきつれて、びりびり裂《さ》け破《やぶ》れました。うさぎは、そのひりひりする、ひどい痛《いた》みにたまりかねて、おんおん泣きふしておりました。そうすると、いちばんあとからお通りかかりになった、お供《とも》の大国主《おおくにぬし》の神《かみ》がそれをご覧《らん》になって、

「おいおいうさぎさん、どうしてそんなに泣いているの」と、やさしく聞いてくださいました。

うさぎは泣き泣き、

「わたくしは、もと隠岐《おき》の島におりましたうさぎでございますが、この本土へ渡《わた》ろうと思いましても、渡る手だてがございませんものですから、海の中のわにをだまして、い

ったい、おまえとわしとどっちが身うちが多いだろう、ひとつくらべてみようじゃないか、おまえはいるだけの眷族《けんぞく》をすっかりつれてきて、ここから、あの向こうの果ての、気多《けた》の岬《みさき》までずっとならんでみよ、そうすればおれがその背中の上を伝わって、数をかぞえてやろうと申しました。

するとわにはすっかりだまされまして、出てまいりますもまいりますも、それはそれは、うようよと、真っ黒に集まってまいりました。そして、わたくしの申しましたとおりに、この海ばたまでずらりと一列にならびました。

わたくしは五十八十と数をよみながら、その背中の上をどんどん渡《わた》って、もうひと足でこの海ばたへ上がろうといたしますときに、やあいまぬけのわにめ、うまくおれにだまされたァいとはやしたてますと、いちばんしまいにおりましたわにが、むっと怒《おこ》って、いきなりわたくしをつかまえまして、このとおりにすっかり着物をひっぺがしてしまいました。

それであすこのところへ伏《ふ》しころんで泣いておりましたら、さきほどここをお通りになりました八十神《やそがみ》たちが、いいことを教えてやろう、これこれこうしてみろとおっしゃいましたので、そのとおりに潮水《しおみず》を浴びて風に吹かれておりますと、からだじゅうの皮がこわばって、こんなにびりびりさけてしまいました」

こう言って、うさぎはまたおんおん泣きだしました。

大国主神《おおくにぬしのかみ》は、話をきいてかわいそうだとおぼしめして、

「それでは早くあすこの川口《かわぐち》へ行って、真水《まみず》でからだじゅうをよく洗って、そこいらにある蒲《かば》の花をむしって、それを下に敷《し》いて寝《ね》ころんでいてごらん。そうすれば、ちゃんともとのとおりになおるから」

こう言って、教えておやりになりました。うさぎはそれを聞くとたいそう喜んでお礼を申しました。そしてそのあとで言いました。

「あんなお人の悪い八十神《やそがみ》たちは、けっして八上媛《やがみひめ》をご自分のものになさることはできません。あなたは袋《ふくろ》などをおしょいになって、お供《とも》についていらっしゃいますけれど、八上媛はきっと、あなたのお嫁《よめ》さまになると申します。見ていてごらんなさいまし」と申しました。

まもなく、八十神《やそがみ》たちは八上媛《やがみひめ》のところへ着きました。そして、代わるがわる、自分のお嫁になれなれと言いましたが、媛《ひめ》はそれをいちいちはねつけて、

「いいえ、いくらお言いになりましても、あなたがたのご自由にはなりません。わた

くしは、あすこにいらっしゃる大国主神《おおくにぬしのかみ》のお嫁《よめ》にしていただくのです」と申しました。

八十神《やそがみ》たちはそれを聞くとたいそう怒《おこ》って、みんなで大国主神《おおくにぬしのかみ》を殺してしまおうと相談をきめました。

みんなは、大国主神《おおくにぬしのかみ》を、伯耆《ほうき》の国の手間《てま》の山という山の下へつれていって、

「この山には赤い猪《いのしし》がいる。これからわしたちが山の上からその猪を追いおろすから、おまえは下にいてつかまえろ。へたをして逃《に》がしたらおまえを殺してしまうぞ」と、言いわたしました。そして急いで、山の上へかけあがって、さかんに焚火《たきび》をこしらえて、その火の中で、猪のようなかっこうをしている大きな石を真っ赤に焼いて、

「そうら、つかまえろ」と言いながら、どしんと、転《ころ》がし落としました。

ふもとで待ち受けていらしった大国主神《おおくにぬしのかみ》は、それをご覧《らん》になるなり、大急ぎでかけよって、力まかせにお組みつきになったと思いますと、からだはたちまちその赤焼けの石の膚《はだ》にこびりついて、

「あッ」とお言いになったきり、そのまま爛《ただ》れ死《じ》にに死んでおしまいになりました。

二

大国主神《おおくにぬしのかみ》の生みのお母さまは、それをお聞きになると、たいそうお嘆《なげ》きになって、泣き泣き大空へかけのぼって、高天原《たかまのはら》においでになる、高皇産霊神《たかみむすびのかみ》にお助けをお願いになりました。

すると、高皇産霊神《たかみむすびのかみ》は、蚶貝媛《きさがいひめ》、蛤貝媛《うむがいひめ》と名のついた、赤貝《あかがい》と蛤《はまぐり》の二人の貝を、すぐに下界へおくだしになりました。

二人は大急ぎでおりてみますと、大国主神《おおくにぬしのかみ》は真っ黒こげになって、山のすそに倒《たお》れていらっしゃいました。赤貝《あかがい》はさっそく自分の殻《から》を削《けず》って、それを焼《や》いて黒い粉《こな》をこしらえました。蛤《はまぐり》は急いで水を出して、その黒い粉をこねて、お乳汁《ちち》のようにどろどろにして、二人で大国主神のからだじゅうへ塗《ぬ》りつけました。

そうすると大国主神《おおくにぬしのかみ》は、それほどの大火傷《おおやけど》もたちまちなおって、もとのとおりの、きれいな若い神になってお起きあがりになりました。そしてどんどん歩いてお家《うち》へ帰っていらっしゃいました。

八十神《やそがみ》たちは、それを見ると、びっくりして、もう一度みんなでひそひそ相談をはじめました。そしてまたじょうずに大国主神《おおくにぬしのかみ》をだまして、こんどは別の山の中へつれこみました。そしてみんなでよってたかって、ある大きな立ち木を根もとから切りまげて、その切れ目へくさびを打ちこんで、その間へ大国主神をはいらせました。そうしておいて、ふいにポンとくさびを打ちはなして、挟《はさ》み殺しに殺してしまいました。

大国主神《おおくにぬしのかみ》のお母さまは、若い子の神がまたいなくなったので、おどろいて方々《ほうぼう》をさがしておまわりになりました。そして、しまいにまた殺されていらっしゃるところをお見つけになると、大急ぎで木の幹《みき》を切り開いて、子の神のお死骸《しがい》をお引き出しになりました。そしていっしょうけんめいに介抱《かいほう》して、ようようのことでふたたびお生きかえらせになりました。お母さまは、

「もうおまえはうかうかこの土地においてはおかれない。どうぞこれからすぐに、須佐《すさ》之男命《のおのみこと》のおいでになる、根堅国《ねのかたすくに》へ逃げておくれ、そうすれば命《みこと》が必ずいいようにはからってくださるから」

こう言って、若い子の神を、そのままそちらへ立ってお行かせになりました。

大国主神《おおくにぬしのかみ》は、言われたとおりに、命《みこと》のおいでになるところへお着きになりました。す

ると、命のお娘御《むすめご》の須勢理媛《すぜりひめ》がお取次《とりつぎ》をなすって、

「お父上《ちちうえ》さま、きれいな神がいらっしゃいました」とお言いになりました。

お父上の大神《おおかみ》は、それをお聞きになると、急いでご自分で出てご覧《らん》になって、

「ああ、あれは、大国主《おおくにぬし》という神だ」とおっしゃいました。そして、さっそくおよびいれになりました。

媛《ひめ》は大国主神《おおくにぬしのかみ》のことをほんとに美しいよい方《かた》だとすぐに大好きにお思いになりました。

大神《おおかみ》には、第一それがお気に召《め》しませんでした。それで、ひとつこの若い神を困《こま》らせてやろうとお思いになって、その晩、大国主神を、蛇《へび》の室《むろ》といって、大蛇小蛇《おおへびこへび》がいっぱいたかっている気味《きみ》の悪いお部屋へお寝《ね》かせになりました。

そうすると、やさしい須勢理媛《すぜりひめ》は、たいそう気の毒にお思いになりました。それでご自分の、比礼《ひれ》といって、肩《かた》かけのように使う布《きれ》を、そっと大国主神《おおくにぬしのかみ》におわたしになって、

「もし蛇《へび》が喰《く》いつきにまいりましたら、この布《きれ》を三度ふって追いのけておしまいなさい」とおっしゃいました。

まもなく、蛇はみんなで鎌首《かまくび》を立ててぞろぞろと向かってきました。大国主神《おおくにぬしのかみ》はさっそく言われたとおりに、飾《かざ》りの布《きれ》を三度おふりになりました。するとふしぎにも、蛇《へび》は

ひとりでにひきかえして、そのままじっとかたまったなり、ひと晩《ばん》じゅう、なんにも害をしませんでした。若い神はおかげで、気楽にぐっすりお寝《よ》って、朝になると、あたりまえの顔をして、大神《おおかみ》の前に出ていらっしゃいました。

すると大神《おおかみ》は、その晩《ばん》はむかでと蜂《はち》のいっぱいはいっているお部屋へお寝《ね》かせになりました。しかし媛《ひめ》が、またこっそりと、ほかの頸飾《くびかざ》りの布《きれ》をわたしてくだすったので、大国主神《おおくにぬしのかみ》は、その晩もそれでむかでや蜂を追いはらって、またひと晩じゅうらくらくとおやすみになりました。

大神《おおかみ》は、大国主神《おおくにぬしのかみ》がふた晩《ばん》とも、平気で切りぬけてきたので、よし、それではこんどこそは見ておれと、心の中でおっしゃりながら、かぶら矢といって、矢じりに穴があいていて、射《い》るとびゅうびゅう鳴る、こわい大きな矢を、草のぼうぼうと生《は》えのびた、広い野原の真ん中にお射こみになりました。そして、大国主神に向かって、

「さあ、今飛んだ矢をひろってこい」とおおせつけになりました。

若い神は、正直《しょうじき》にご命令を聞いて、すぐに草をかき分けてどんどんはいっておいでになりました。大神はそれを見すまして、ふいに、その野のまわりへぐるりと火をつけてどんどんお焼《や》きたてになりました。大国主神《おおくにぬしのかみ》は、おやと思うまに、たちまち四方から火

の手におかこまれになって、すっかり逃げ場《にば》を失っておしまいになりました。それで、どうしたらいいかとびっくりして、とまどいをしていらっしゃいますと、そこへ一ぴきの野ねずみが出てきまして、

「うちはほらほら、そとはすぶすぶ」と言いました。それは、中は、がらんどうで、外はすぼまっている、という意味でした。

若い神は、すぐにそのわけをおさとりになって、足の下を、とんときつく踏《ふ》んでごらんになりますと、そこは、ちゃんと下が大きな穴になっていたので、からだごとすぽりとその中へ落ちこみました。それで、じっとそのままこごまって隠《かく》れていらっしゃいますと、やがて間近《まぢか》まで燃《も》えてきた火の手は、その穴の上を走って、向こうへ遠のいてしまいました。

そのうちに、さっきのねずみが大神《おおかみ》のお射《い》になったかぶら矢をちゃんとさがしだして、口にくわえて持ってきてくれました。見るとその矢の羽根のところは、いつのまにかねずみの子供たちがかじって、すっかり食べてしまっておりました。

三

須勢理媛《すぜりひめ》は、そんなことはちっともご存じないものですから、美しい若い神は、きっと焼《や》け死んだものとお思いになって、ひとりで嘆《なげ》き悲しんでいらっしゃいました。そして火が消えるとすぐに、急いでお葬《とむら》いの道具を持って、泣き泣きさがしにいらっしゃいました。

お父上の大神《おおかみ》も、こんどこそは大丈夫死んだろうとお思いになって、媛《ひめ》のあとからいらしってご覧《らん》になりました。

すると大国主神《おおくにぬしのかみ》は、もとのお姿《すがた》のままで、焼《や》けあとの中から出ていらっしゃいました。そしてさっきのかぶら矢をちゃんとお手におわたしになりました。

大神《おおかみ》もこれには内々《ないない》びっくりしておしまいになりまして、しかたなくいっしょに御殿《ごてん》へおかえりになりました。そして大きな広間へつれておはいりになって、そこへごろりと横におなりになったと思うと、

「おい、おれの頭のしらみを取れ」と、いきなりおっしゃいました。

大国主神《おおくにぬしのかみ》はかしこまって、その長い長いお髪《ぐし》の毛をかき分けてご覧《らん》になりますと、その中には、しらみでなくて、たくさんなむかでが、うようよたかっておりました。

すると、須勢理媛《すぜりひめ》がそばへ来て、こっそりと椋《むく》の実と赤土《あかつち》とをわたしておゆきになりました。

大国主神《おおくにぬしのかみ》は、その椋《むく》の実をひとつぶずつ噛《か》みくだき、赤土《あかつち》を少しずつ噛み溶《と》かしては、いっしょにぷいぷいお吐《は》き出しになりました。大神《おおかみ》はそれをご覧になると、

「ほほう、むかでをいちいち噛《か》みつぶしているな。これは感心なやつだ」とお思いになりながら、安神《あんしん》して、すやすやと寝入《ねい》っておしまいになりました。

大国主神《おおくにぬしのかみ》は、このうえここにぐずぐずしていると、まだまだどんな目にあうかわからないとお思いになって、命《みこと》がちょうどぐうぐうおやすみになっているのをさいわいに、その長いお髪《ぐし》を、いく束《たば》にも分けて、それを四方のたる木というたる木へひと束ずつ縛《しば》りつけておいたうえ、五百人もかからねば動かせないような、大きな大きな大岩を、そっと戸口に立てかけて、中から出られないようにしておいて、大神《おおかみ》の太刀《たち》と弓矢と、玉の飾《かざ》りのついた貴い琴《とうとこと》とをひっ抱《かか》えるなり、急いで須勢理媛《すぜりひめ》を背中におぶって、そっと御殿《ごてん》をお逃《に》げ出しになりました。

するとまの悪いことに、抱《かか》えていらっしゃる琴《こと》が、樹《き》の幹《みき》にぶつかって、じゃらじゃらじゃらんとたいそうな響《ひび》きをたてて鳴りました。

大神《おおかみ》はその音におどろいて、むっくりとお立ち上がりになりました。すると、お髪《ぐし》がたる木じゅうへ縛《しば》りつけてあったのですから、大力《おおぢから》のある大神がふいにお立ちになるといっしょに、そのお部屋はいきなりめりめりめりと倒《たお》れつぶれてしまいました。

大神《おおかみ》は、

「おのれ、あの小僧《こぞう》ッ神《かみ》め」と、それはそれはお怒《いか》りになって、髪《かみ》の毛をひと束《たば》ずつ、もどかしくときはなしていらっしゃるまに、こちらの大国主神《おおくにぬしのかみ》はいっしょうけんめいにかけつづけて、すばやく遠くまで逃《に》げのびていらっしゃいました。

すると大神《おおかみ》は、まもなくそのあとを追っかけて、とうとう黄泉比良坂《よもつひらさか》という坂の上まででかけつけていらっしゃいました。そしてそこから、はるかに大国主神《おおくにぬしのかみ》をよびかけて、大声をしぼってこうおっしゃいました。

「おおいおおい、小僧《こぞう》ッ神《かみ》。その太刀《たち》と弓矢をもって、そちの兄弟の八十神《やそがみ》どもを、山の下、河《かわ》の中と、逃《に》げるところへ追いつめ切りはらい、そちが国の神の頭《かしら》になって、宇《う》迦《か》の山のふもとに御殿《ごてん》をたてて住め。わしのその娘《むすめ》はおまえのお嫁《よめ》にくれてやる。わかったか」とおどなりになりました。

大国主神《おおくにぬしのかみ》はおおせのとおりに、改めていただいた、大神《おおかみ》の太刀《たち》と弓矢を持って、八十《やそ》神《がみ》たちを討《う》ちにいらっしゃいました。そしてみんながちりぢりに逃《に》げまわるのを追っかけて、そこいらじゅうの坂の下や河《かわ》の中へ、切り倒《たお》し突き落として、とうとう一人ももらさず亡《ほろ》ぼしておしまいになりました。そして、国の神の頭《かしら》になって、宇迦《うか》の山の下に御殿《ごてん》をお建てになり、須勢理媛《すぜりひめ》と二人で楽しくおくらしになりました。

四

そのうちに例の八上媛《やがみひめ》は、大国主神《おおくにぬしのかみ》をしたって、はるばるたずねて来ましたが、その大国主神には、もう須勢理媛《すぜりひめ》というりっぱなお嫁《よめ》さまが出来ていたので、しおしおと、またお家《うち》へかえってゆきました。

大国主神《おおくにぬしのかみ》はそれからなお順々に四方を平《たい》らげて、だんだんと国を広げておゆきになりました。そうしているうちに、ある日、出雲《いずも》の国の御大《みお》の崎《さき》という海ばたに行っていらっしゃいますと、はるか向こうの海の上から、一人の小さな小さな神が、お供《とも》のものたちといっしょに、どんどんこちらへ向かって船をこぎよせてきました。その乗っている船はがいもという、小さな草の実で、着ている着物は、火取虫《ひとりむし》の皮を丸はぎにしたものでした。

大国主神《おおくにぬしのかみ》は、その神に向かって、

「あなたはどなたです」とおたずねになりました。しかしその神は、口をとじたまま名前を明かしてくれませんでした。大国主神はご自分のお供《とも》の神たちに聞いてごらんになりましたが、みんなその神がだれだか見当がつきませんでした。

するとそこへひきがえるがのこのこ出てきまして、

「あの神のことは久延彦《くえびこ》ならきっと存じておりますでしょう」と言いました。久延彦というのは山の田に立っているかかしでした。久延彦は足がきかないので、ひと足も歩くことはできませんでしたけれど、それでいて、この下界《げかい》のことはなんでもすっかり知っておりました。

それで大国主神《おおくにぬしのかみ》は急いでその久延彦《くえびこ》にお聞きになりますと、

「ああ、あの神は大空においでになる神産霊神《かみむすびのかみ》のお子さまで、少名毘古那神《すくなびこなのかみ》とおっしゃる方でございます」と答えました。大国主神《おおくにぬしのかみ》はそれでさっそく、神産霊神《かみむすびのかみ》にお伺《うかが》いにな

りますと、神も、

「あれはたしかにわしの子だ」とおっしゃいました。そして改めて少名毘古那神《すくなびこなのかみ》に向かって、

「おまえは大国主神《おおくにぬしのかみ》と兄弟になって二人で国々を開《ひら》き固《かた》めてゆけ」とおおせつけになりました。

大国主神《おおくにぬしのかみ》は、そのお言葉に従《したが》って、少名毘古那神《すくなびこなのかみ》とお二人で、だんだんに国を作り開《ひら》いておゆきになりました。ところが、少名毘古那神は、のちになると、急に常世国《とこよのくに》という、海の向こうの遠い国へ行っておしまいになりました。

大国主神《おおくにぬしのかみ》はがっかりなすって、わし一人では、とても思いどおりに国を開《ひら》いてゆくことはできない、だれか力をそえてくれる神はいないものかと言って、たいそうしおれていらっしゃいました。

するとちょうどそのとき、一人の神さまが、海の上一面にきらきらと光を放《はな》ちながら、こちらへ向かって近づいていらっしゃいました。それは須佐之男命《すさのおのみこと》のお子の大年神《おおとしのかみ》というお方でした。その神が、大国主神に向かって、

「わしをよく大事に祀《まつ》っておくれなら、いっしょになって国を作りかためてあげよう。

おまえさん一人ではとてもできはしない」と、こう言ってくださいました。

「それではどんなふうにお祀《まつ》り申せばいいのでございますか」とお聞きになりますと、

「大和《やまと》の御諸《みもろ》の山の上に祀ってくれればよい」とおっしゃいました。

大国主神《おおくにぬしのかみ》はお言葉のとおりに、そこへお祀りして、その神さまと二人でまただんだんに国を広げておゆきになりました。

雉《きじ》のお使《つか》い

一

そのうちに大空の天照大神《あまてらすおおかみ》は、お子さまの天忍穂耳命《あめのおしほみみのみこと》に向かって、「下界《げかい》に見える、あの豊葦原水穂国《とよあしはらのみずほのくに》は、おまえが治めるべき国である」とおっしゃって、すぐにくだってゆくように、お言いつけになりました。命《みこと》はかしこまっておりていらっしゃいました。しかし天《あめ》の浮橋《うきはし》の上までおいでになって、そこからお見おろしになりますと、下では勢《いきお》いの強い神たちが、てんでんに暴《あば》れまわって、大さわぎをしているのが見えました。命は急いでひきかえしていらしって、そのことを大神《おおかみ》にお話しになりました。

それで大神《おおかみ》と高皇産霊神《たかみむすびのかみ》とは、さっそく、天安河《あめのやすのかわ》の河原《かわら》に、おおぜいの神々をすっか

り召《め》し集めになって、

「あの水穂国《みずほのくに》は、わたしたちの子孫が治めるはずの国であるのに、今あすこには、悪強《わるづよ》い神たちが勢《いきお》い鋭《するど》く荒《あ》れまわっている。あの神たちを、おとなしくこちらのいうとおりにさせるには、いったいだれを使いにやったものであろう」とこうおっしゃって、みんなにご相談をなさいました。

するとお例のいちばん考え深い思金神《おもいかねのかみ》が、みんなと会議をして、

「それには天菩比神《あめのほひのかみ》をおつかわしになりますがよろしゅうございましょう」と申しあげました。そこで大神《おおかみ》は、さっそくその菩比神《ほひのかみ》をおくだしになりました。

ところが菩比神《ほひのかみ》は、下界へつくと、それなり大国主神《おおくにぬしのかみ》の手下になってしまって、三年たっても、大空へはなんのご返事もいたしませんでした。

それで大神《おおかみ》と高皇産霊神《たかみむすびのかみ》とは、またおおぜいの神々をお召《め》しになって、

「菩比神《ほひのかみ》がまだかえってこないが、こんどはだれをやったらよいであろう」と、おたずねになりました。

思金神《おもいかねのかみ》は、

「それでは、天津国玉神《あまつくにたまのかみ》の子の、天若日子《あめのわかひこ》がよろしゅうございましょう」と、お答え申

しました。

大神《おおかみ》はその言葉に従《したが》って、天若日子《あめのわかひこ》にりっぱな弓と矢をお授《さず》けになって、それを持たせて下界へおくだしになりました。

するとその若日子は大空にちゃんと本当のお嫁《よめ》があるのに、下へおり着くといっしょに、大国主神《おおくにぬしのかみ》の娘《むすめ》の下照比売《したてるひめ》をまたお嫁にもらったばかりか、ゆくゆくは水穂国《みずほのくに》を自分が取ってしまおうという腹《はら》で、とうとう八年たっても大神《おおかみ》のほうへはてんでご返事にもかえりませんでした。

大神《おおかみ》と高皇産霊神《たかみむすびのかみ》とは、また神々をお集めになって、

「二度めにつかわした天若日子《あめのわかひこ》もまたとうとう帰ってこない。いったいどうしてこんなにいつまでも下界にいるのか、それを責《せ》めただしてこさせたいと思うが、だれをやったものであろう」とお聞きになりました。

思金神《おもいかねのかみ》は、

「それでは名鳴女《ななきめ》という雉《きじ》がよろしゅうございましょう」と申しあげました。大神《おおかみ》たちお二人はその雉をお召《め》しになって、

「おまえはこれから行って天若日子《あめのわかひこ》を責めてこい。そちを水穂国《みずほのくに》へおくだしになったの

は、この国の神どもを説《と》き伏《ふ》せるためではないか、それだのに、なぜ八年たってもご返事をしないのかと言って、そのわけを聞きただしてこい」とお言いつけになりました。

名《な》鳴女《なきめ》は、はるばると大空からおりて、天若日子《あめのわかひこ》の家《うち》の門のそばの、楓《かえで》の木の上にとまって、大神《おおかみ》からおおせつかったとおりをすっかり言いました。

すると、若日子《わかひこ》のところに使われている、天佐具売《あめのさくめ》という女が、その言葉を聞いて、

「あすこに、いやな鳴き声を出す鳥がおります。早く射《い》ておしまいなさいまし」と、若日子にすすめました。

若日子《わかひこ》は、

「ようし」と言いながら、かねて大神《おおかみ》からいただいてきた弓と矢を取り出して、いきなりその雉《きじ》を射殺《いころ》してしまいました。すると、その当たった矢が名《な》鳴女《なきめ》の胸《むね》を突き通して、さかさまに大空の上まではねあがって、天安河《あめのやすのかわ》の河原《かわら》においでになる、天照大神《あまてらすおおかみ》と高皇《たかみ》産霊神《むすびのかみ》とのおそばへ落ちました。

高皇《たかみ》産霊神《むすびのかみ》はその矢を手に取ってご覧《らん》になりますと、矢の羽根に血がついておりました。

高皇《たかみ》産霊神《むすびのかみ》は、

「この矢は天若日子《あめのわかひこ》につかわした矢だが」とおっしゃって、みんなの神々にお見せになったのち、

「もしこの矢が、若日子《わかひこ》が悪い神たちを射《い》たのが飛んできたのならば、若日子には当たるな。もし若日子が悪い心をいだいているなら、かれを射殺《いころ》せよ」とおっしゃりながら、さきほどの矢が通ってきた空の穴から、力いっぱいにお突きおろしになりました。

そうするとその矢は、若日子《わかひこ》がちょうど下界であおむきに寝《ね》ていた胸《むね》の真ん中を、ぷすりと突き刺《さ》して、一ぺんで殺してしまいました。

若日子《わかひこ》のお嫁《よめ》の下照比売《したてるひめ》は、びっくりして、大声をあげて泣きさわぎました。

その泣く声が風にはこばれて、大空まで聞こえてきますと、若日子の父の天津国玉神《あまつくにたまのかみ》と、若日子の本当のお嫁と子供たちがそれを聞きつけて、びっくりして、下界へおりてきました。そして泣き泣きそこへ、喪屋《もや》といって、死人《しにん》を寝かせておく小屋をこしらえて、雁《がん》を供物《くもつ》をささげる役に、鷺《さぎ》をほうき持ちに、かわせみをお供《そな》えの魚取りにやとい、雀《すずめ》をお供えの米つきによび、雉《きじ》を泣き役につれてきて、八日八晩《ようかやばん》の間、若日子の死骸《しがい》のそばで楽器をならして、死んだ魂《たましい》をなぐさめておりました。

そうしているところへ、大国主神《おおくにぬしのかみ》の子で、下照比売《したてるひめ》のお兄《あにい》さまの高日子根神《たかひこねのかみ》がお悔《くや》み

に来ました。そうすると若日子《わかひこ》の父と妻子《つまこ》たちは、

「おや」とびっくりして、その神の手足にとりすがりながら、

「まあまあおまえは生きていたのか」

「まあ、あなたは死なないでいてくださいましたか」と言って、みんなでおんおんとうれし泣きに泣きだしました。それは高日子《たかひこ》根神《ねのかみ》の顔や姿《すがた》が天若日子《あめのわかひこ》にそっくりだったので、みんなは一も二もなく若日子だとばかり思ってしまったのでした。

するとと高日子《たかひこ》根神《ねのかみ》は、

「何をふざけるのだ」と真っ赤になって怒《おこ》りだして、

「人がわざわざ悔《くや》みに来たのに、それをきたない死人《しにん》なぞといっしょにするやつがどこにある」とどなりつけながら、長い剣《つるぎ》を抜きはなすといっしょに、その喪屋《もや》をめちゃめちゃに切り倒《たお》し、足でぽんぽんけりちらかして、ぷんぷん怒って行ってしまいました。

そのとき妹の下照比売《したてるひめ》は、あの美しい若い神はわたしのお兄《あに》さまの、これこれこういう方《かた》だということを、歌にうたって、誇《ほこ》りがおに若日子《わかひこ》の父や妻子《つまこ》に知らせました。

二

天照大神《あまてらすおおかみ》は、そんなわけで、また神々に向かって、こんどというこんどはだれをつかわしたらよいかとご相談をなさいました。

思金神《おもいかねのかみ》とすべての神々たちは、

「それではいよいよ、天安河《あめのやすのかわ》の河上《かわかみ》の、天《あめ》の岩屋《いわや》におります尾羽張神《おはばりのかみ》か、それでなければ、その神の子の建御雷神《たけみかずちのかみ》か、二人のうちどちらかをおつかわしになるほかはございません。しかし尾羽張神は、天安河の水を塞《せ》きあげて、道を通れないようにしておりますから、めったな神ではちょっとよびにもまいられません。これはひとつ天迦久神《あめのかくのかみ》をおさしむけになりまして、尾羽張神がなんと申しますか聞かせてごらんになるがようございましょう」と申しあげました。

大神《おおかみ》はそれをお聞きになると、急いで天迦久神《あめのかくのかみ》をおやりになってお聞かせになりました。

そうすると尾羽張神《おはばりのかみ》は、

「これはわざわざもったいない。そのお使いにはわたくしでもすぐにまいりますが、それよりも、こんなことにかけましては、わたくしの子の建御雷神《たけみかずちのかみ》がいっとうお役に立ちますかと存じます」

こう言って、さっそくその神を大神《おおかみ》の御前《ごぜん》へうかがわせました。

大神《おおかみ》はその建御雷神《たけみかずちのかみ》に、天鳥船神《あめのとりふねのかみ》という神をつけておくだしになりました。

二人の神はまもなく出雲《いずも》の国の伊那佐《いなさ》という浜にくだりつきました。そしてお互《たが》いに長い剣《つるぎ》をずらりと抜きはなして、それを海の波の上にあおむきに突き立てて、その切っ先の上にあぐらをかきながら、大国主神《おおくにぬしのかみ》に談判《だんぱん》をしました。

「わしたちは天照大神《あまてらすおおかみ》と高皇産霊神《たかみむすびのかみ》とのご命令で、わざわざお使いにまいったのである。大神はおまえが治めているこの葦原《あしはら》の中《なか》つ国《くに》は、大神のお子さまのお治めになる国だとおっしゃっている。そのおおせに従《したが》って大神のお子さまにこの国をすっかりお譲《ゆず》りなさるか。それともいやだとお言いか」と聞きますと、大国主神《おおくにぬしのかみ》は、

「これはわたくしからはなんともお答え申しかねます。わたくしよりも、息子《むすこ》の八重事《やえこと》代主神《しろぬしのかみ》が、とかくのご返事を申しあげますでございましょうが、あいにくただいま御大《みお》の崎《さき》へ漁《りょう》にまいっておりますので」とおっしゃいました。

建御雷神《たけみかずちのかみ》はそれを聞くと、すぐに天鳥船神《あめのとりふねのかみ》を御大《みお》の崎《さき》へやって、事代主神《ことしろぬしのかみ》をよんでこさせました。そして大国主神《おおくにぬしのかみ》に言ったとおりのことを話しました。

すると事代主神《ことしろぬしのかみ》は、父の神に向かって、

「まことにもったいないおおせです。お言葉のとおり、この国は大空の神さまのお子さまにおあげなさいまし」と言いながら、自分の乗ってかえった船を踏《ふ》み傾《かたむ》けて、おまじないの手打ちをしますと、その船はたちまち、青い生垣《いけがき》に変わってしまいました。事代主神はその生垣の中へ急いでからだをかくしてしまいました。

建御雷神《たけみかずちのかみ》は大国主神《おおくにぬしのかみ》に向かって、

「ただいま事代主神《ことしろぬしのかみ》はあのとおりに申したが、このほかには、もうちがった意見を持っている子はいないか」とたずねました。

大国主神《おおくにぬしのかみ》は、

「わたくしの子は事代主神《ことしろぬしのかみ》のほかに、もう一人、建御名方神《たけみなかたのかみ》というものがおります。もうそれきりでございます」とお答えになりました。

そうしているところへ、ちょうどこの建御名方神《たけみなかたのかみ》が、千人もかからねば動かせないような大きな大岩を両手でさし上げて出てきまして、

「やい、おれの国へ来て、そんなひそひそ話をしてるのはだれだ。さあ来い、力くらべをしよう。まずおれがおまえの手をつかんでみよう」と言いながら、大岩を投げだしてそばへ来て、いきなり建御雷神《たけみかずちのかみ》の手をひっつかみますと、御雷神《みかずちのかみ》の手は、たちまち氷の柱になってしまいました。御名方神《みなかたのかみ》がおやとおどろいているまに、その手はまたひょいと剣《つるぎ》の刃《は》になってしまいました。

御名方神《みなかたのかみ》はすっかりこわくなっておずおずとしりごみをしかけますと、御雷神《みかずちのかみ》は、「さあ、こんどはおれの番だ」といいながら、御名方神の手くびをぐいとひっつかむが早いか、まるで生《は》えたての葦《あし》をでもあつかうように、たちまちひと握《にぎ》りに握りつぶして、ちぎれ取れた手先を、ぽうんと向こうへ投げつけました。

御名方神《みなかたのかみ》は、まっさおになって、いっしょうけんめいに逃《に》げ出しました。御雷神《みかずちのかみ》は、「こら待て」といいながら、どこまでもどんどんどん追っかけてゆきました。そしてとうとう信濃《しなの》の諏訪湖《すわこ》のそばで追いつめて、いきなり、ひとひねりにひねり殺そうとしますと、建御名方神《たけみなかたのかみ》はぶるぶるふるえながら、

「もういよいよおそれいりました。どうぞ命ばかりはお助けくださいまし。わたくしはこれなりこの信濃《しなの》より外へはひと足もふみ出しはいたしません。また、父や兄が申しあ

げましたとおりに、この葦原《あしはら》の中《なか》つ国《くに》は、大空の神のお子さまにさしあげますでございます」と、平たくなっておわびをしました。

そこで建御雷神《たけみかずちのかみ》はまた出雲《いずも》へかえってきて、大国主神《おおくにぬしのかみ》に問いつめました。

「おまえの子は二人とも、大神《おおかみ》のおおせには背《そむ》かないと申したが、おまえもこれでいよいよ言うことはあるまいな、どうだ」と言いますと、大国主神は、

「わたくしにはもう何も異存《いぞん》はございません。この中《なか》つ国《くに》はおおせのとおり、すっかり、大神のお子さまにさしあげます。そのうえでただ一つのおねがいは、どうぞわたくしの社《やしろ》として、大空の神の御殿《ごてん》のような、りっぱな、しっかりした御殿を建てていただきとうございます。そうしてくださいませばわたくしは遠い世界から、いつまでも大神のご子孫にお仕え申します。じつはわたくしの子は、ほかに、まだまだいくたりもおりますが、しかし、事代主神《ことしろぬしのかみ》さえ神妙《しんみょう》にご奉公《ほうこう》いたしますうえは、あとの子たちは一人も不平を申しはいたしません」

こう言って、いさぎよくその場で死んでおしまいになりました。

それで建御雷神《たけみかずちのかみ》は、さっそく、出雲《いずも》の国の多芸志《たぎし》という浜にりっぱな大きなお社《やしろ》をたてて、ちゃんと望みのとおりに祀《まつ》りました。そして櫛八玉神《くしやたまのかみ》という神を、お供《そな》えものを

料理する料理人にして付けそえました。

すると八玉神《やたまのかみ》は、鵜《う》になって、海の底の土をくわえてきて、それで、いろんなお供《そな》えものをあげる土器《かわらけ》をこしらえました。

それからある海草《かいそう》の茎《くき》で火切臼《ひきりうす》と火切杵《ひきりぎね》というものをこしらえて、それをすり合わせて火を切り出して、建御雷神《たけみかずちのかみ》に向かってこう言いました。

「わたくしが切ったこの火で、そこいらが、大空の神の御殿《ごてん》のお料理場《りょうりば》のように煤《すす》でいっぱいになるまで欠かさず火をたき、かまどの下が地の底の岩のように固《かた》くなるまでたえず火をもやして、漁師《りょうし》たちの取ってくる大すずきをたくさんに料理して、大空の神の召《め》しあがるようなりっぱなごちそうを、いつもいつもお供《そな》えいたします」と言いました。

建御雷神《たけみかずちのかみ》はそれでひとまず安神《あんしん》して、大空へかえりのぼりました。そして天照大神《あまてらすおおかみ》と高皇産霊神《たかみむすびのかみ》に、すっかりこのことを、くわしく奏上《そうじょう》いたしました。

笠沙《かささ》のお宮《みや》

一

天照大神《あまてらすおおかみ》と高皇産霊神《たかみむすびのかみ》とは、あれほど乱《みだ》れさわいでいた下界《げかい》を、建御雷神《たけみかずちのかみ》たちが、ちゃんとこちらのものにして帰りましたので、さっそく天忍穂耳命《あめのおしほみみのみこと》をお召《め》しになって、

「葦原《あしはら》の中《なか》つ国《くに》はもはやすっかり平《たい》らいだ。おまえはこれからすぐにくだって、最初申しつけたように、あの国を治めてゆけ」とおっしゃいました。

命《みこと》はおおせに従《したが》って、すぐに出発の用意におとりかかりになりました。するとちょうどそのときに、お妃《きさき》の秋津師毘売命《あきつしひめのみこと》が男のお子さまをお生みになりました。

忍穂耳命《おしほみみのみこと》は大神《おおかみ》の御前《ごぜん》へおいでになって、

「わたくしたち二人に、世嗣《よつぎ》の子供が生まれました。名前は日子番能邇邇芸命《ひこほのににぎのみこと》とつけま

した。中つ国《なかつくに》へくだしますには、この子がいちばんよいかと存じます」とおっしゃいました。

それで大神《おおかみ》は、そのお孫さまの命《みこと》が大きくおなりになりますと、改めておそばへ召《め》して、

「下界に見えるあの中つ国《なかつくに》は、おまえの治める国であるぞ」とおっしゃいました。命《みこと》はかしこまって、

「それでは、これからすぐにくだってまいります」とおっしゃって、急いでそのおてはずをなさいました。そしてまもなく、いよいよお立ちになろうとなさいますと、ちょうど、大空のお通り路《みち》のある四辻《よつつじ》に、だれだか一人の神が立ちはだかって、まぶしい光をきらきらと放《はな》ちながら、上は高天原《たかまのはら》までもあかあかと照らし、下は中つ国まで一面に照り輝《かがや》かせておりました。

天照大神《あまてらすおおかみ》と高皇産霊神《たかみむすびのかみ》とはそれをご覧《らん》になりますと、急いで天宇受女命《あめのうずめのみこと》をおよびになって、

「そちは女でこそあれ、どんな荒《あら》くれた神に向かいあっても、びくともしない神だから、だれをもおいておまえをつかわすのである。あの、道をふさいでいる神のところへ行っ

てそう言ってこい。大空の神のお子がおくだりになろうとするのに、そのお通り路《みち》を妨《さまた》げているおまえは何者かと、しっかり責《せ》めただしてこい」とお言いつけになりました。

宇受女命《うずめのみこと》はさっそくかけつけて、きびしく咎《とが》めたてました。すると、その神は言葉をひくくして、

「わたくしは下界の神で名は猿田彦神《さるたひこのかみ》と申しますものでございます。ただいまここまで出てまいりましたのは、大空の神のお子さまがまもなくおくだりになるとうけたまわりましたので、及《およ》ばずながらわたくしがお道筋《みちすじ》をご案内申しあげたいと存じまして、お迎えにまいりましたのでございます」とお答え申しました。

大神《おおかみ》はそれをお聞きになりましてご安神《あんしん》なさいました。そして天児屋根命《あめのこやねのみこと》、太玉命《ふとだまのみこと》、天宇受女命《あめのうずめのみこと》、石許理度売命《いしこりどめのみこと》、玉祖命《たまのおやのみこと》の五人を、お孫さまの命《みこと》のお供《とも》の頭《かしら》としてお付けそえになりました。そしておしまいにお別れになるときに、八尺《やさか》の曲玉《まがたま》という、それはそれはごりっぱなお頸飾《くびかざ》りの玉と、八咫《やた》の鏡《かがみ》という神々《こうごう》しいお鏡と、かねて須佐之男命《すさのおのみこと》が大蛇《だいじゃ》の尾《お》の中からおひろいになった、鋭《するど》い御剣《みつるぎ》と、この三つの貴《とうと》いご自分のお持ち物を、お手ずから命《みこと》にお授《さず》けになって、

「この鏡はわたしの魂《たましい》だと思って、これまでわたしに仕えてきたとおりに、たいせつに

崇《あが》め祀《まつ》るがよい」とおっしゃいました。それから大空の神々のなかでいちばんちえの深い思金神《おもいかねのかみ》と、いちばんすぐれて力の強い手力男神《たぢからおのかみ》とをさらにお付けそえになったうえ、「思金神《おもいかねのかみ》よ、そちはあの鏡の祀《まつ》りをひきうけて、よくとりおこなえよ」とおおせつけになりました。

邇邇芸命《ににぎのみこと》はそれらの神々をはじめ、おおぜいのお供《とも》の神をひきつれて、いよいよ大空のお住まいをお立ちになり、幾重《いくえ》ともなくはるばると湧《わ》き重なっている、深い雲の峰《みね》をどんどん押しわけて、ご威光《いこう》りりしくお進みになり、やがて天《あめ》の浮橋《うきはし》をも押しわたって、堂々と下界に向かってくだっておいでになりました。その真っ先には、天忍日命《あめのおしひのみこと》と、天津久米命《あまつくめのみこと》という、よりすぐった二人の強い神さまが、大きな剣《けん》をつるし、大きな弓と強い矢とを負《お》いかかえて、勇ましくお先払《さきばら》いをしてゆきました。

命《みこと》たちはしまいに、日向《ひゅうが》の国の高千穂《たかちほ》の山の、串触嶽《くしふるだけ》という険《けわ》しい峰《みね》の上にお着きになりました。そしてさらに韓国嶽《からくにだけ》という峰へおわたりになり、そこからだんだんと平地《ひらち》へおくだりになって、お住まいをお定めになる場所を探《さが》し探し、海のほうへ向かって出ておいでになりました。

そのうちに同じ日向《ひゅうが》の笠沙《かささ》の岬《みさき》へお着きになりました。

邇邇芸命《ににぎのみこと》は、

「ここは朝日も真向《まむ》きに射《さ》し、夕日もよく照って、じつにすがすがしいよいところだ」

とおっしゃって、すっかりお気にめしました。それでとうとう最後にそこへお住まいになることにおきめになりました。そしてさっそく、地面のしっかりしたところへ、大きな広い御殿《ごてん》をお建てになりました。

命《みこと》は、それから例の宇受女命《うずめのみこと》をお召《め》しになって、

「そちは、われわれの道案内をしてくれた、あの猿田彦神《さるたひこのかみ》とは、最初からの知り合いである。それでそちが付きそって、あの神が帰るところまで送っていっておくれ。それから、あの神の手柄《てがら》を記念してやる印《しるし》に、猿田彦《さるたひこ》という名まえをおまえがついで、あの神と二人のつもりでわたしに仕えよ」とおっしゃいました。宇受女命《うずめのみこと》はかしこまって、猿田彦神を送ってまいりました。

猿田彦神《さるたひこのかみ》は、そののち、伊勢《いせ》の阿坂《あざか》というところに住んでいましたが、あるとき漁《りょう》に出て、比良夫貝《ひらふがい》という大きな貝に手をはさまれ、とうとうそれなり海の中へ引き入れられて、おぼれ死《じ》にに死んでしまいました。

宇受女命《うずめのみこと》はその神を送り届《とど》けて帰ってきますと、笠沙《かささ》の海ばたへ、大小さまざまの魚

をすっかり追い集めて、「おまえたちは大空の神のお子さまにお仕え申すか」と聞きました。そうすると、どの魚も一ぴき残らず、「はいはい、ちゃんとご奉公《ほうこう》申しあげます」とご返事をしましたが、なかで、なまこがたった一人、お答えをしないで黙《だま》っておりました。

するとと宇受女命《うずめのみこと》は怒《おこ》って、「こぅれ、返事をしない口はその口か」と言いさま、手早く懐剣《かいけん》を抜きはなって、そのなまこの口をぐいとひとえぐり切り裂《さ》きました。ですからなまこの口はいまだに裂けております。

二

そのうちに邇邇《にに》芸命《ぎのみこと》は、ある日、同じ岬《みさき》できれいな若い女の人にお出会いになりました。

「おまえはだれの娘《むすめ》か」とおたずねになりますと、その女の人は、

「わたくしは大山津見神《おおやまつみのかみ》の娘の木色咲耶媛《このはなさくやひめ》と申すものでございます」とお答え申しました。

「そちには兄妹《きょうだい》があるか」とかさねてお聞きになりますと、

「わたくしには石長媛《いわながひめ》と申します一人の姉がございます」と申しました。命《みこと》は、

「わしはおまえをお嫁《よめ》にもらいたいと思うが、来るか」とお聞きになりました。すると咲耶媛《さくやひめ》は、

「それはわたくしからはなんとも申しあげかねます。どうぞ父の大山津見神《おおやまつみのかみ》におたずねくださいまし」と申しあげました。

命《みこと》はさっそくお使いをお出しになって、大山津見神《おおやまつみのかみ》に咲耶媛《さくやひめ》をお嫁《よめ》にもらいたいとお申しこみになりました。

大山津見神《おおやまつみのかみ》はたいそう喜んで、すぐにその咲耶媛《さくやひめ》に、姉の石長媛《いわながひめ》を付きそいにつけて、いろいろのお祝いの品をどっさり持たせてさしあげました。

命《みこと》は非常にお喜びになって、すぐ咲耶媛《さくやひめ》とご婚礼《こんれい》をなさいました。しかし姉の石長媛《いわながひめ》は、それはそれはひどい顔をした、みにくい女でしたので、同じ御殿《ごてん》でいっしょにお暮らしになるのがおいやだものですから、そのますぐに、父の神のほうへお送りかえし

になりました。

大山津見《おおやまつみ》は恥《は》じいって、使いをもってこう申しあげました。

「わたくしが木色咲耶媛《このはなさくやひめ》に、わざわざ石長媛《いわながひめ》を付きそいにつけましたわけは、あなたが咲耶媛《さくやひめ》をお嫁《よめ》になすって、その名のとおり、花がさき誇《ほこ》るように、いつまでもお栄えになりますばかりでなく、石長媛を同じ御殿《ごてん》にお使いになりませば、あの子の名前についておりますとおり、岩が雨に打たれ風にさらされてもちっとも変わらずにがっしりしているのと同じように、あなたのおからだもいつまでもお変わりなくいらっしゃいますようにと、それをお祈《いの》り申して付けそえたのでございます。それだのに、咲耶媛だけをおとめになって、石長媛をおかえしになったうえは、あなたも、あなたのご子孫のつぎつぎのご寿命《じゅみょう》も、ちょうど咲いた花がいくほどもなく散り果てるのと同じで、けっして永《なが》くは続きませんよ」と、こんなことを申し送りました。

そのうちに咲耶媛《さくやひめ》は、まもなくお子さまが生まれそうにおなりになりました。

それで命《みこと》にそのことをお話しになりますと、命はあんまり早く生まれるので変だとおぼしめして、

「それはわしたち二人の子であろうか」とお聞きになりました。咲耶媛《さくやひめ》は、そうおっし

やられて、

「どうしてこれが二人よりほかのものの子でございましょう。もしわたしたち二人の子でございませんでしたら、けっしてぶじにお産《さん》はできますまい。本当に二人の子である印《しるし》には、どんなことをして生みましても、必ずぶじに生まれるに相違《そうい》ございません」

こう言ってわざと出入口のないお家《うち》をこしらえて、その中におはいりになり、すきまというすきまをぴっしり土で塗《ぬ》りつぶしておしまいになりました。そしていざお産《さん》をなさるというときに、そのお家へ火をつけてお燃《も》やしになりました。

しかしそんな乱暴《らんぼう》な生み方をなすっても、お子さまは、ちゃんとごぶじに三人もお生まれになりました。媛《ひめ》は、はじめ家《うち》じゅうに火が燃え広がって、どんどん焔《ほのお》をあげているときにお生まれになった方《かた》を火照命《ほてりのみこと》というお名前になさいました。それから、つぎつぎに、火須勢理命《ほすせりのみこと》、火遠理命《ほおりのみこと》というお二方《ふたかた》がお生まれになりました。火遠理命はまたの名を日子穂穂出見命《ひこほほでみのみこと》ともおよび申しました。

満潮《みちしお》の玉、干《ひ》潮《しお》の玉

一

三人のご兄弟は、まもなく大きな若い人におなりになりました。そのなかでお兄《あに》さまの火照命《ほてりのみこと》は、海で漁《りょう》をなさるのがたいへんにおじょうずで、いつもいろんな大きな魚や小さな魚をたくさん釣《つ》ってお帰りになりました。末の弟さまの火遠理命《ほおりのみこと》は、これはまた、山で猟《りょう》をなさるのがそれはそれはお得意で、しじゅういろんな鳥や獣《けもの》をどっさり捕《と》ってお帰りになりました。

あるとき弟の命《みこと》は、お兄《あに》さまに向かって、

「ひとつためしに二人で道具を取りかえて、互《たが》いに持ち場をかえて猟《りょう》をしてみようではありませんか」とおっしゃいました。

お兄《あに》さまは、弟さまがそう言って三度もおたのみになっても、そのたんびにいやだと言ってお聞き入れになりませんでした。しかし弟さまが、あんまりうるさくおっしゃるものですから、とうとうしまいに、いやいやながらお取りかえになりました。

弟さまは、さっそく釣《つ》り道具を持って海ばたへお出かけになりました。しかし、釣りのほうはまるでお勝手《かって》がちがうので、いくらおあせりになっても一ぴきもお釣れになれないばかりか、しまいには釣り針《ばり》を海の中へなくしておしまいになりました。

お兄《あに》さまの命《みこと》も、山の猟《りょう》にはお馴《な》れにならないものですから、いっこうに獲物《えもの》がないので、がっかりなすって、弟さまに向かって、

「わしの釣《つ》り道具を返してくれ、海の漁《りょう》も山の猟《りょう》も、お互《たが》いに馴《な》れたものでなくてはだめだ。さあこの弓矢をかえそう」とおっしゃいました。

弟さまは、

「わたしはとんだことをいたしました。とうとう魚を一ぴきも釣《つ》らないうちに、針《はり》を海へ落としてしまいました」とおっしゃいました。するとお兄《あに》さまはたいへんにお怒《おこ》りになって、無理にもその針をさがしてこいとおっしゃいました。弟さまはしかたなしに、身につるしておいでになる長い剣《つるぎ》を打ちこわして、それで釣り針を五百本こしらえて、

それを代わりにおさしあげになりました。

しかし、お兄《あにい》さまは、もとの針《はり》でなければいやだとおっしゃって、どうしてもお聞きいれになりませんでした。それで弟さまはまた千本の針をこしらえて、どうぞこれでかんべんしてくださいましと、おたのみになりましたが、お兄《あにい》さまは、どこまでも、もとの針でなければいやだとお言いはりになりました。

ですから弟さまは、困《こま》っておしまいになりまして、一人で海ばたに立って、おいおい泣いておいでになりました。そうすると、そこへ塩椎神《しおつちのかみ》という神が出てまいりまして、「もしもし、あなたはどうしてそんなに泣いておいでになるのでございます」と聞いてくれました。弟さまは、

「わたしはお兄《あにい》さまの釣《つ》り針《ばり》を借りて漁《りょう》をして、その針を海の中へなくしてしまったのです。だから代わりの針をたくさんこしらえて、それをおかえしすると、お兄《あにい》さまは、どうしてももとの針をかえせとおっしゃってお聞きにならないのです」

こう言って、わけをお話しになりました。

塩椎神《しおつちのかみ》はそれを聞くと、たいそうお気の毒に思いまして、

「それではわたくしがちゃんとよくしてさしあげましょう」と言いながら、大急ぎで、

水あかが少しもはいらないように、かたく編《あ》んだ、籠《かご》の小舟《こぶね》をこしらえて、その中へ火遠理命《ほおりのみこと》をお乗せ申しました。

「それではわたくしが押し出しておあげ申しますから、このままどんどん海の真ん中へ出ていらっしゃいまし。そしてしばらくお行きになりますと、向こうの波の間によい道がついておりますから、それについてどこまでも流れておいでになると、しまいにたくさんの棟《むね》が魚のうろこのように立ちならんだ、大きな大きなお宮《みや》へお着きになります。それは綿津見神《わたつみのかみ》という海の神の御殿《ごてん》でございます。そのお宮の門のわきに井戸《いど》がありす。その井戸の上に桂《かつら》の木が生いかぶさっておりますから、その木の上にのぼって待っていらっしゃいまし。そうすると海の神の娘《むすめ》が見つけて、ちゃんといいようにとりはからってくれますから」と言って、力いっぱいその舟を押し出してくれました。

二

命《みこと》はそのままずんずん流れておゆきになりました。そうするとまったく塩椎神《しおつちのかみ》が言ったように、しばらくして大きな大きなお宮《みや》へお着きになりました。

命《みこと》はさっそくその門のそばの桂《かつら》の木にのぼって待っておいでになりました。そうすると、まもなく、綿津見神《わたつみのかみ》の娘《むすめ》の豊玉媛《とよたまひめ》のお付きの女が、玉の器《うつわ》を持って、桂の木の下の井戸《いど》へ水をくみに来ました。

女は井戸の中を見ますと、人の姿《すがた》がうつっているので、ふしぎに思って上を向いてみますと、桂《かつら》の木の上にきれいな男の方《かた》がいらっしゃいました。女は急いで玉の器《うつわ》にくみ入れてさしあげました。

命《みこと》は、その女に水をくれとお言いになりました。

しかし命《みこと》はその水をお飲みにならないで、頸《くび》にかけておいでになる飾《かざ》りの玉をおほどきになって、それを口にふくんで、その玉の器《うつわ》の中へ吐《は》き入れて、女におわたしになりました。女は器を受け取って、その玉を取り出そうとしますと、玉は器の底に固《かた》くくっついてしまって、どんなにしても離《はな》れませんでした。それで、そのまま家《うち》の中へ持ってはいって、豊玉媛《とよたまひめ》にその器ごとさし出しました。

豊玉媛《とよたまひめ》は、その玉を見て、

「門口《かどぐち》にだれかおいでになっているのか」と聞きました。

女は、

「井戸《いど》のそばの桂《かつら》の木の上にきれいな男の方《かた》がおいでになっています。それこそは、こちらの王さまにもまさって、それはそれは気高《けだか》い貴《とうと》い方でございます。その方が水をくれとおっしゃいましたから、すぐに、この器《うつわ》へくんでさしあげますと、水はおあがりにならないで、お頸飾《くびかざ》りの玉を中へお吐《は》き入れになりました。そういたしますと、その玉が、ご覧《らん》のように、どうしても底から離《はな》れないのでございます」と言いました。

媛《ひめ》は命《みこと》のお姿《すがた》を見ますと、すぐにお父さまの海の神のところへ行って、

「門口《かどぐち》にきれいな方がいらしっています」と言いました。

海の神は、わざわざ自分で出て見て、

「おや、あのお方は、大空からおくだりになった、貴《とうと》い神さまのお子さまだ」と言いながら、急いでお宮《みや》へお通し申しました。そしてあしかの毛皮を八枚重《かさ》ねて敷《し》き、その上へまた絹《きぬ》の畳《たたみ》を八枚重ねて、それへすわっていただいて、いろいろごちそうをどっさりならべて、それはそれはていねいにおもてなしをしました。そして豊玉媛《とよたまひめ》をお嫁《よめ》にさしあげました。

それで命《みこと》はそのまま媛《ひめ》といっしょにそこにお住まいになりました。そのうちに、いつのまにか三年という月日がたちました。

すると命《みこと》はある晩、ふと例の針《はり》のことをお思い出しになって、深いため息をなさいました。

豊玉媛《とよたまひめ》はあくる朝、そっと父の神のそばへ行って、

「お父さま、命《みこと》はこのお宮《みや》に三年もお住まいになっていても、これまでただの一度もめいったお顔をなさったことがないのに、ゆうべにかぎって深いため息をなさいました。なにか急にご心配なことがお出来になったのでしょうか」と言いました。

海の神はそれを聞くと、あとで命《みこと》に向かって、

「さきほど娘《むすめ》が申しますには、あなたは三年の間こんなところにおいでになりましても、ふだんはただの一度ものをお嘆《なげ》きになったことがないのに、ゆうべはじめてため息をなさいましたと申します。何かわけがおありになりますのでございますか。いったいいちばんはじめ、どうしてこの海の中なぞへおいでになったのでございます」こう言っておたずね申しました。

命はこれこれこういうわけで、釣《つ》り針《ばり》を探《さが》しに来たのですとおっしゃいました。

海の神はそれを聞くと、すぐに海じゅうの大きな魚や小さな魚を一ぴき残さずよび集めて、

「この中にだれか命《みこと》の針《はり》をお取り申したものはいないか」と聞きました。すると魚たちは、「こないだから雌鯛《めだい》がのどにとげを立てて物が食べられないで困《こま》っておりますが、ではきっとお話の釣《つ》り針《ばり》をのんでいるに相違《そうい》ございません」と言いました。

海の神はさっそくその鯛《たい》をよんでのどの中をさぐってみますと、なるほど、大きな釣り針を一本のんでおりました。

海の神はそれを取り出して、きれいに洗って命《みこと》にさしあげました。すると、それがまさしく命《みこと》のおなくしになったあの針でした。海の神は、

「それではお帰りになって、お兄《あにい》さまにお返しになりますときには、

いやな釣《つ》り針《ばり》、

わるい釣り針、

ばかな釣り針。

とおっしゃりながら、必ず後ろ向きになっておわたしなさいまし。それから、こんどからはお兄《あにい》さまが高いところへ田をお作りになりましたら、あなたは低いところへお作りなさいまし。そのあべこべに、お兄《あにい》さまが低いところへお作りになりましたら、あなたは高いところへお作りになることです。すべて世の中の水という水はわたくしが自由

に出し入れするのでございます。お兄《あに い》さまは針《はり》のことでずいぶんあなたをおいじめになりましたから、これからはお兄《あに い》さまの田へはちっとも水をあげないで、あなたの田にばかりどっさり入れておあげ申します。ですからお兄《あに い》さまは三年のうちに必ず貧乏《びんぼう》になってしまいになります。そうすると、きっとあなたをねたんで殺しにおいでになるに相《そう》違《い》ございません。そのときには、この満潮《みちしお》の玉を取り出して、おぼらしておあげなさい。この中から水がいくらでもわいて出ます。しかしお兄《あに い》さまが助けてくれとおっしゃっておわびをなさるなら、こちらのこの干潮《ひしお》の玉を出して、水をひかせておあげなさいまし。ともかく、そうして少しこらしめておあげになるがようございます」

こう言って、そのたいせつな二つの玉を命《みこと》にさしあげました。それから、家来《けらい》のわにをすっかりよび集めて、

「これから大空の神のお子さまが陸の世界へお帰りになるのだが、おまえたちはいく日あったら命《みこと》をお送りして帰ってくるか」と聞きました。

わにたちは、お互《たが》いにからだの大きさにつれてそれぞれ勘定《かんじょう》して、めいめいにお返事をしました。そのなかで、六尺《しゃく》ばかりある大わには、

「わたくしは一日あればいってまいります」と言いました。海の神は、

「それではおまえお送り申してくれ。しかし海をわたるときに、けっしてこわい思いをおさせ申してはならないぞ」とよく言い聞かせたうえ、その頸《くび》のところへ命《みこと》をお乗せ申して、はるばるとお送り申してゆかせました。するとわにはうけあったとおりに、一日のうちに命をもとの浜までおつれ申しました。

命《みこと》はご自分のつるしておいでになる小さな刀をおほどきになって、それをごほうびにわにの頸《くび》へくくりつけておかえしになりました。

命《みこと》はそれからすぐにお兄《あに》さまのところへいらしって、海の神が教えてくれたとおりに、

「いやな釣《つ》り針《ばり》、

わるい釣り針、

ばかな釣り針」

と言い言い、例の釣り針を、後ろ向きになってお返しになりました。それから田を作るのにも海の神が言ったとおりになさいました。

そうすると、命《みこと》の田からは、毎年どんどんお米がとれるのに、お兄《あに》さまの田には水がちっとも来ないものですから、お兄《あに》さまは、三年の間にすっかり貧乏《びんぼう》になっておしまいになりました。

するとお兄《あに》さまは、あんのじょう、命《みこと》のことをねたんで、いくどとなく殺しにおいでになりました。命はそのときにはさっそく満潮《みちしお》の玉を出して、大水《おおみず》をわかせてお防《ふせ》ぎになりました。お兄《あに》さまは、たんびにおぼれそうになって、助けてくれ、助けてくれ、とおっしゃいました。命はそのときには干潮《ひしお》の玉を出してたちまち水をおひかせになりました。そんなわけで、お兄《あに》さまも、しまいには弟さまの命にはとてもかなわないとお思いになり、とうとう頭をさげて、

「どうかこれまでのことはゆるしておくれ。わたしはこれから生涯《しょうがい》、夜昼おまえの家《うち》の番をして、おまえに奉公《ほうこう》するから」と、かたくお誓《ちか》いになりました。ですから、このお兄《あに》さまの命《みこと》のご子孫は、のちの代《よ》まで、命《みこと》が水におぼれかけてお苦しみになったときの身振《みぶ》りをまねた、さまざまなおかしな踊《おど》りを踊るのが、代々《だいだい》きまりになっておりました。

三

そのうちに、火遠理命《ほおりのみこと》が海のお宮《みや》へ残しておかえりになった、お嫁《よめ》さまの豊玉媛《とよたまひめ》が、

ある日ふいに海の中から出ていらしって、

「わたくしはかねて身重《みおも》になっておりましたが、もうお産《さん》をいたしますときがまいりました。しかし大空の神さまのお子さまを海の中へお生み申してはおそれ多いと存じまして、はるばるこちらまで出てまいりました」とおっしゃいました。

それで命《みこと》は急いで、産屋《うぶや》という、お産《さん》をするお家《うち》を、海ばたへお建てになりました。その屋根は茅《かや》の代わりに、鵜《う》の羽根を集めておふかせになりました。

するとその屋根がまだ出来上がらないうちに、豊玉媛《とよたまひめ》は、もう産気《さんけ》がおつきになって、急いでそのお家《うち》へおはいりになりました。

そのとき媛《ひめ》は命《みこと》に向かって、

「すべての人がお産《さん》をいたしますには、みんな自分の国のならわしがありまして、それぞれ変なかっこうをして生みますものでございます。それですから、どうぞわたくしがお産をいたしますところも、けっしてご覧《らん》にならないでくださいましな」と、かたくお願いしておきました。命《みこと》は媛《ひめ》がわざわざそんなことをおっしゃるので、かえって変だとおぼしめして、あとでそっと行ってのぞいてご覧になりました。

そうすると、たった今まで美しい女であった豊玉媛《とよたまひめ》が、いつのまにか八尋《やひろ》もあるような、おそろしい大わにになって、うんうんうなりながら這《は》いまわっていました。命《みこと》はびっくりして、どんどん逃《に》げ出しておしまいになりました。

豊玉媛《とよたまひめ》はそれを感づいて、恥《は》ずかしくて恥ずかしくてたまらないものですから、お子さまをお生み申すと、命《みこと》に向かって、

「わたくしはこれから、しじゅう海を往来《おうらい》して、お目にかかりにまいりますつもりでおりましたが、あんな、わたくしの姿《すがた》をご覧《らん》になりましたので、本当にお恥《は》ずかしくて、もうこれきりお伺《うかが》いもできません」こう言って、そのお子さまをあとにお残し申したまま、海の中の通り道をすっかりふさいでしまって、どんどん海の底へ帰っておしまいになりました。そしてそれなりとうとう一生、二度と出ていらっしゃいませんでした。

　お二人の仲《なか》のお子さまは、鵜《う》の羽根の屋根がふきおえないうちにお生まれになったので、それから取って、鵜茅草《うがや》葺不合命《ふきあえずのみこと》とおよびになりました。

　媛《ひめ》は海のお宮《みや》にいらしっても、このお子さまのことが心配でならないものですから、お妹さまの玉依媛《たまよりひめ》をこちらへよこして、その方《かた》の手で育てておもらいになりました。媛は夫の命《みこと》が自分のひどい姿《すがた》をおのぞきになったことは、いつまでたっても恨《うら》めしくてたまりませんでしたけれど、それでも命のことはやっぱり恋しくおしたわしくて、かたと

きもお忘《わす》れになることができませんでした。それで玉依媛にことづけて、

「赤玉《あかたま》は、
　緒《お》さえ光れど、
　白玉《しらたま》の、
　君《きみ》が装《よそお》し、
　貴《とうと》くありけり」

という歌をお送りになりました。これは、

「赤い玉はたいへんにりっぱなもので、それをひもに通して飾《かざ》りにすると、そのひもまで光って見えるくらいですが、その赤玉《あかたま》にもまさった、白玉《しらたま》のようにうるわしいあなたの貴《とうと》いお姿《すがた》を、わたくしはしじゅうお慕《した》わしく思っております」という意味でした。

命《みこと》はたいそう哀《あわ》れにおぼしめして、わたしもおまえのことはけっして忘《わす》れはしないという意味の、お情《なさ》けのこもったお歌をお返しになりました。

命《みこと》は高千《たかち》穂《ほ》の宮《みや》というお宮に、とうとう五百八十のお年までお住まいになりました。

八《や》咫《た》烏《がらす》

一

鵜茅草葺不合命《うがやふきあえずのみこと》は、ご成人ののち、玉依媛《たまよりひめ》を改めてお妃《きさき》にお立てになって、四人の男のお子をおもうけになりました。

この四人のご兄弟のうち、二番めの稲氷命《いなひのみこと》は、海をこえてはるばると、常世国《とこよのくに》という遠い国へおわたりになりました。ついで三番めの若御《わかみ》毛《け》沼命《ぬのみこと》も、お母上《ははうえ》のお国の、海の国へ行っておしまいになり、いちばん末の弟さまの神倭伊波《かんやまといわ》礼《れ》毘《ひ》古命《このみこと》が、高千《たかち》穂《ほ》の宮《みや》にいらしって、天下をお治めになりました。しかし、日向《ひゅうが》はたいへんにへんぴで、政《まつりごと》をお聞き召《め》すのにひどくご不便でしたので、命《みこと》はいちばん上のお兄《あに》さまの五瀬命《いつせのみこと》とお二人でご相談のうえ、

「これは、もっと東のほうへ移ったほうがよいであろう」とおっしゃって、軍勢《ぐんぜい》を残らず召《め》しつれて、まず筑前《ちくぜん》の国に向かってお立ちになりました。そのお途中、豊前《ぶぜん》の宇佐《うさ》にお着きになりますと、その土地の宇沙都比古《うさつひこ》、宇沙都比売《うさつひめ》という二人のものが、御殿《ごてん》をつくってお迎え申し、手あつくおもてなしをしました。

命《みこと》はそこから筑前《ちくぜん》へおはいりになりました。そして岡田宮《おかだのみや》というお宮《みや》に一年の間ご滞在になったのち、さらに安芸《あき》の国へおのぼりになって、多家理宮《たけりのみや》に七年間おとどまりになり、ついで備前《びぜん》へお進みになって、八年の間高島宮《たかしまのみや》にお住まいになりました。そしてそこからお船をつらねて、浪《なみ》の上を東に向かっておのぼりになりました。

そのうちに速吸門《はやすいのと》というところまでおいでになりますと、向こうから一人のものが、亀《かめ》の背中に乗って、魚を釣《つ》りながら出てきまして、命《みこと》のお船を見るなり、両手をあげてしきりに手招《てまね》きをいたしました。命はそのものをよびよせて、

「おまえは何ものか」とお聞きになりますと、

「わたくしはこの地方の神で宇豆彦《うずひこ》と申します」とお答えいたしました。

「そちはこのへんの海路《かいろ》を存じているか」とおたずねになりますと、

「よく存じております」と申しました。

「それではおれのお供《とも》につくか」とおっしゃいますと、

「かしこまりました。ご奉公《ほうこう》申しあげます」とお答え申しましたので、命《みこと》はすぐにおそばのものに命じて、棹《さお》をさし出させてお船へ引きあげておやりになりました。

みんなは、そこから、なお東へ東へとかじを取って、やがて摂津《せっつ》の浪速《なみはや》の海を乗り切って、河内《かわち》の国の、青雲《あおぐも》の白肩津《しらかたのつ》という浜へ着きました。

するとそこには、大和《やまと》の鳥見《とみ》というところの長髄彦《ながすねひこ》というものが、兵をひきつれて待ちかまえておりました。命《みこと》は、いざお船からお下りになろうとしますと、かれらが急にどっと矢を射向《いむ》けてきましたので、お船の中から楯《たて》を取り出して、ひゅうひゅう飛んでくる矢のなかをくぐりながらご上陸なさいました。そしてすぐにどんどん戦《いくさ》をなさいました。

そのうちに五瀬命《いつせのみこと》が、長髄彦《ながすねひこ》の鋭《するど》い矢のために大傷《おおきず》をお受けになりました。命《みこと》はその傷をお押さえになりながら、

「おれたちは日の神の子孫でありながら、お日さまのほうに向かって攻めかかったのがまちがいである。だからかれらの矢に当たったのだ。これから東のほうへ遠まわりをして、お日さまを背中に受けて戦おう」とおっしゃって、みんなを召《め》し集めて、弟さまの命《みこと》といっしょにもう一度お船にお召しになり、大急ぎで海の真ん中へお出ましになりました。

そのお途中で、命《みこと》はお手についた傷《きず》の血をお洗いになりました。

しかしそこから南のほうへまわって、紀伊《きい》の国の男《お》の水門《みなと》までおいでになりますと、お傷の痛《いた》みがいよいよ激《はげ》しくなりました。命は、

「ああ、くやしい。かれらから負《お》わされた手傷《てきず》で死ぬるのか」と残念そうなお声でお叫《さけ》びになりながら、とうとうそれなりおかくれになりました。

二

神倭伊波礼毘古命《かんやまといわれひこのみこと》は、そこからぐるりとおまわりになり、同じ紀伊《きい》の熊野《くまの》という村にお着きになりました。するとふいに大きな大熊《おおぐま》が現れて、あっというまにまたすぐ消え去ってしまいました。ところが、命《みこと》もお供《とも》の軍勢《ぐんぜい》もこの大熊の毒気《どっき》にあたって、たちまちぐらぐらと目がくらみ、一人のこらず、その場に気絶《きぜつ》してしまいました。

そうすると、そこへ熊野《くまの》の高倉下《たかくらじ》というものが、ひとふりの太刀《たち》を持って出てきまして、伏《ふ》し倒《たお》れておいでになる伊波礼毘古命《いわれひこのみこと》に、その太刀をさし出しました。命《みこと》はそれといっしょに、ふと正気《しょうき》におかえりになって、

「おや、おれはずいぶん長寝《ながね》をしたね」とおっしゃりながら、高倉下《たかくらじ》がささげた太刀《たち》をお受け取りになりますと、その太刀にそなわっている威光《いこう》でもって、さっきの熊《くま》をさし向けた熊野の山の荒《あら》くれた悪神《わるがみ》どもは、ひとりでにばたばたと倒《たお》れて死にました。それといっしょに命《みこと》の軍勢《ぐんぜい》は、まわった毒からいちどにさめて、むくむくと元気よく起きあがりました。

命《みこと》はふしぎにおぼしめして、高倉下《たかくらじ》に向かって、この貴《とうと》い剣《つるぎ》のいわれをおたずねになりました。

高倉下《たかくらじ》は、うやうやしく、

「じつはゆうべふと夢を見ましたのでございます。その夢の中で、天照大神《あまてらすおおかみ》と高皇産霊《たかみむすびの》神《かみ》のお二方《ふたかた》が、建御雷神《たけみかずちのかみ》をお召《め》しになりまして、葦原中つ国《あしはらのなかくに》は今しきりに乱《みだ》れさわいでいる。われわれの子孫たちはそれを平《たい》らげようとして、悪神《わるがみ》どもから苦しめられている。あの国は、いちばんはじめそちが従《したが》えてきた国だから、おまえもう一度くだって平らげてまいれとおっしゃいますと、建御雷神《たけみかずちのかみ》は、それならば、わたくしがまいりませんでも、ここにこの前あすこを平らげてまいりましたときの太刀《たち》がございますから、この太刀をくだしましょう。それには、高倉下《たかくらじ》の倉の棟《むね》を突きやぶって落としましょうと、こうお答えになりました。

それからその建御雷神《たけみかずちのかみ》は、わたくしに向かって、おまえの倉の棟《むね》を突きとおしてこの刀を落とすから、あすの朝すぐに、大空の神のご子孫にさしあげよとお教えくださいました。目がさめまして倉へまいってみますと、おおせのとおりに、ちゃんとただいまのその太刀《たち》がございましたので、急いでさしあげにまいりましたのでございます」

こう言って、わけをお話し申しました。

そのうちに、高皇産霊神《たかみむすびのかみ》は、雲の上から伊波礼毘古命《いわれひこのみこと》に向かって、

「大空の神のお子よ、ここから奥《おく》へはけっしてはいってはいけませんよ。この向こうには荒《あら》くれた神たちがどっさりいます。今これからわたしが八咫烏《やたがらす》をさしくだすから、その烏《からす》の飛んでゆくほうへついておいでなさい」とおさとしになりました。

まもなくおおせのとおりその烏《からす》がおりてきました。命《みこと》はその烏がつれてゆくとおりに、あとについてお進みになりますと、やがて大和《やまと》の吉野《よしの》河《がわ》の河口《かわぐち》へお着きになりました。

そうすると、そこに簗《やな》をかけて魚をとっているものがおりました。

「おまえはだれだ」とおたずねになりますと、

「わたくしはこの国の神で名は贄持《にえもち》の子と申します」とお答え申しました。

それから、なお進んでおいでになりますと、今度はおしりにしっぽのついている人間が、井戸《いど》の中から出てきました。そしてその井戸がぴかぴか光りました。

「おまえは何ものか」とおたずねになりますと、

「わたくしはこの国の神で井氷鹿《いひか》と申すものでございます」とお答えいたしました。命《みこと》はそれらのものを、いちいちお供《とも》におつれになって、そこから山の中を分けていらっしゃいますと、またしっぽのある人にお会いになりました。このものは岩を押し分けて出てきたのでした。

「おまえはだれか」とお聞きになりますと、

「わたくしはこの国の神で、名は石押分《いわおしわけ》の子と申します。ただいま、大空の神のご子孫がおいでになるとうけたまわりまして、お供《とも》に加えていただきにあがりましたのでございます」と申しあげました。命《みこと》は、そこから、いよいよ険《けわ》しい深い山を踏《ふ》み分けて、大和《やまと》の宇陀《うだ》というところへお出ましになりました。

この宇陀《うだ》には、兄宇迦斯《えうかし》、弟宇迦斯《おとうかし》という兄弟の荒《あら》くれものがおりました。命《みこと》はその二人のところへ八咫烏《やたがらす》を使いにお出しになって、

「今、大空の神のご子孫がおこしになった。おまえたちはご奉公《ほうこう》申しあげるか」とお聞

かせになりました。

すると、兄の兄宇迦斯《えうかし》はいきなりかぶら矢を射《い》かけて、お使いの烏《からす》を追いかえしてしまいました。兄宇迦斯《えうかし》は命《みこと》がおいでになるのを待ち受けて討《う》ってかかろうと思いまして、急いで兵たいを集めにかかりましたが、とうとう人数《にんず》がそろわなかったものですから、いっそのこと、命をだまし討ちにしようと思いまして、うわべではご奉公《ほうこう》申しあげますと言いこしらえて、命をお迎え申すために、大きな御殿《ごてん》を建てました。そして、その中に、つり天井《てんじょう》をしかけて、待ちうけておりました。

すると弟の弟宇迦斯《おとうかし》が、こっそりと命《みこと》のところへ出てきまして、命を伏《ふ》し拝《おが》みながら、

「わたくしの兄の兄宇迦斯《えうかし》は、あなたさまを攻め亡《ほろ》ぼそうとたくらみまして、兵を集めにかかりましたが、思うように集まらないものですから、とうとう御殿《ごてん》の中につり天井《てんじょう》をこしらえて待ちうけております。それで急いでお知らせ申しにあがりました」と申しました。そこで道臣命《みちおみのみこと》と大久米命《おおくめのみこと》の二人の大将が、兄宇迦斯《えうかし》をよびよせて、

「こりゃ兄宇迦斯《えうかし》、おのれの作った御殿《ごてん》にはおのれがまずはいって、こちらの命《みこと》をおもてなしする、そのもてなしのしかたを見せろ」とどなりつけながら、太刀《たち》の柄《え》をつかみ、矢をつがえて、無理やりにその御殿の中へ追いこみました。兄宇迦斯《えうかし》は追いまくられて

逃《に》げこむはずみに、自分のしかけたつり天井《てんじょう》がどしんと落ちて、たちまち押し殺されてしまいました。

二人の大将は、その死骸《しがい》を引き出して、ずたずたに斬《き》り刻《きざ》んで投げ捨《す》てました。

命《みこと》は弟《おとう》宇迦斯《かし》が献上《けんじょう》したごちそうを、家来《けらい》一同におくだしになって、お祝《いわ》いの大宴会《だいえんかい》をお開きになりました。命はそのとき、

「宇陀《うだ》の城《しろ》に鴫《しぎ》わなをかけて待っていたら、鴫はかからないで大鯨《おおくじら》がかかり、わなはめちゃめちゃにこわれた。ははは、おかしや」という意味を、歌におうたいになって、兄《え》宇迦斯《うかし》のはかりごとの破《やぶ》れたことを、喜びお笑いになりました。

それからまたその宇陀《うだ》をお立ちになって、忍坂《おさか》というところにお着きになりますと、そこには、八十建《やそたける》といって、穴の中に住んでいる、しっぽのはえた、おおぜいの荒《あら》くれた悪《わる》ものどもが、命《みこと》の軍勢《ぐんぜい》を討《う》ち破《やぶ》ろうとして、大きな岩屋《いわや》の中に待ちうけておりました。

命《みこと》はごちそうをして、その悪《わる》ものたちをおよびになりました。そして前もって、相手の一人に一人ずつ、お給仕《きゅうじ》につくものをきめておき、その一人一人に太刀《たち》を隠《かく》し持たせて、合図の歌を聞いたら一度に斬《き》ってかかれと言いふくめておおきになりました。

みんなは、命《みこと》が、

「さあ、今だ、うて」とおうたいになると、たちまち一度に太刀を抜きはなって、建《たける》どもを一人残さず切り殺してしまいました。

しかし命《みこと》は、それらの賊《ぞく》たちよりも、もっともっとにくいのはお兄《あに》さまの命《みこと》のお命《いのち》を奪《うば》った、あの鳥見《とみ》の長髄彦《ながすねひこ》でした。命はかれらに対しては、ちょうどしょうがを食べたあと、口がひりひりするように、いつまでも恨《うら》みをお忘《わす》れになることができませんでした。命は、畑のにらを、根も芽《め》もいっしょに引きぬくように、かれらを根こそぎに討《う》ち亡《ほろ》ぼしてしまいたい、海の中の大きな石に、細螺貝《きしやご》が真っ黒に取りついているように、かれらをひしひしと取りまいて、一人残さず討ち取らなければおかないという意味を、勇ましい歌にしておうたいになりました。そして、とうとうかれらを攻《せ》め亡《ほろ》ぼしておしまいになりました。

そのとき、長髄彦《ながすねひこ》のほうに、やはり大空の神のお血すじの、邇芸速日命《にぎはやひのみこと》という神がいました。

その神が命《みこと》のほうへまいって、

「わたくしは大空の神の御子《みこ》がおいでになったとうけたまわりまして、ご奉公《ほうこう》に出ましてございます」と申しあげました。そして大空の神の血筋《ちすじ》だという印《しるし》の宝物《たからもの》を、命《みこと》に献《けん》上《じよう》しました。

命《みこと》はそれから兄師木《えしき》、弟師木《おとしき》という兄弟のものをご征伐《せいばつ》になりました。その戦《いくさ》で、命の軍勢《ぐんぜい》は伊那佐《いなさ》という山の林の中に楯《たて》をならべて戦っているうちに、中途《ちゅうと》で兵糧《ひょうろう》がなくなって、少し弱りかけてきました。命はそのとき、

「おお、わしも飢《う》え疲《つか》れた。このあたりの鵜《う》をつかうものたちよ。早く食べものを持ってたすけに来い」という意味のお歌をおうたいになりました。

命《みこと》はなおひきつづいて、そのほかさまざまの荒《あら》びる神どもをなずけて従《したが》わせ、刃向《はむ》かうものをどんどん攻め亡《ほろ》ぼして、とうとう天下をお平《たい》らげになりました。それでいよいよ大和《やまと》の橿原宮《かしはらのみや》で、われわれのいちばん最初の天皇のお位《くらい》におつきになりました。神武《じんむ》天皇《てんのう》とはすなわち、この貴《とうと》い伊波礼毘古命《いわれひこのみこと》のことを申しあげるのです。

三

天皇は、はじめ日向《ひゅうが》においでになりますときに、阿比良媛《あひらひめ》という方《かた》をお妃《きさきめ》に召して、多芸志耳命《たぎしみみのみこと》と、もう一方《ひとかた》男のお子をおもうけになっていましたが、お位《くらい》におつきになっ

てから、改めて、皇后《こうごう》としてお立てになる、美しい方をおもとめになりました。

すると大久米命《おおくめのみこと》が、

「それには、やはり、大空の神のお血をお分けになった、伊須気依媛《いすけよりひめ》と申す美しい方《かた》がおいでになります。これは三輪《みわ》の社《やしろ》の大物主神《おおものぬしのかみ》が、勢夜陀多良媛《せやだたらひめ》という女の方のおそばへ、朱塗《しゅぬ》りの矢に化《ば》けておいでになり、媛《ひめ》がその矢を持ってお部屋におはいりになりますと、矢はたちまちもとのりっぱな男の神さまになって媛のお婿《むこ》さまにおなりになりました。伊須気依媛《いすけよりひめ》はそのお二人の仲《なか》にお生まれになったお媛さまでございます」と申しあげました。

そこで天皇は、大久米命《おおくめのみこと》をおつれになって、その伊須気依媛《いすけよりひめ》を見においでになりました。すると同じ大和《やまと》の、高佐士野《たかさじの》という野で、七人の若い女の人が野遊びをしているのにお出会いになりました。するとちょうど伊須気依媛《いすけよりひめ》がその七人のなかにいらっしゃいました。

大久米命《おおくめのみこと》はそれを見つけて、天皇に、このなかのどの方《かた》をおもらいになりますかということを、歌にうたってお聞き申しますと、天皇はいちばん前にいる方を伊須気依媛《いすけよりひめ》だとすぐにおさとりになりまして、

「あのいちばん前にいる人をもらおう」と、やはり歌でお答えになりました。大久米《おおくめの》命《みこと》は、その方《かた》のおそばへ行って、天皇のおおせをお伝えしようとしますと、媛《ひめ》は、大久米命が大きな目をぎろぎろさせながら来たので、変だとおぼしめして、

「あめ、つつ、
千鳥《ちどり》、ましとと、
など裂《さ》ける利目《とめ》」

とおうたいになりました。それは、

「あめという鳥、つつという鳥、ましととという鳥や千鳥《ちどり》の目のように、どうしてあんな大きな、鋭《するど》い目を光らせているのであろう」という意味でした。

大久米命《おおくめのみこと》は、すぐに、

「それはあなたを見つけ出そうとして、探《さが》していた目でございます」とうたいました。

媛《ひめ》のお家《うち》は、狭井川《さいがわ》という川のそばにありました。そこの川原《かわら》には、山百合《やまゆり》がどっさり咲いていました。天皇は、媛のお家へいらしって、ひと晩《ばん》とまってお帰りになりました。媛はまもなく宮中《きゅうちゅう》におあがりになって、貴《とうと》い皇后《こうごう》におなりになりました。お二人の仲《なか》には、日子八井命《ひこやいのみこと》、神八井耳命《かんやいみみのみこと》、神沼河耳命《かんぬかわみみのみこと》と申す三人の男のお子がお生まれになり

ました。

天皇は、のちに御年《おんとし》百三十七でおかくれになりました。お空骸《なきがら》は畝火山《うねびやま》にお葬《ほうむ》り申しあげました。

するとまもなく、先に日向《ひゅうが》でお生まれになった多芸志耳命《たぎしみみのみこと》が、お腹《はら》ちがいの弟さまの日子八井命《ひこやいのみこと》たち三人をお殺し申して、自分一人が勝手《かって》なことをしようとお企《くわだ》てになりました。

お母上《ははうえ》の皇后《こうごう》はそのはかりごとをお見ぬきになって、

「畝火山《うねびやま》に昼はただの雲らしく、静かに雲がかかっているけれど、夕方になれば暴《あ》れが来て、ひどい風が吹きだすらしい。木の葉がその先ぶれのように、ざわざわさわいでいる」という意味の歌をおうたいになり、多芸志耳命《たぎしみみのみこと》が、いまに、おまえたちを殺しにかかるぞということを、それとなくおさとしになりました。

三人のお子たちは、それを聞いてびっくりなさいまして、それでは、こっちから先に命《みこと》を殺してしまおうとご相談なさいました。

そのときいちばん下の神沼河耳命《かんぬかわみみのみこと》は、中のお兄《あに》さまの神八井耳命《かんやいみみのみこと》に向かって、

「では、あなた、命《みこと》のところへ押しいって、お殺しなさい」とおっしゃいました。

それで神八井耳命《かんやいみみのみこと》は刀を持ってお出かけになりましたが、いざとなるとぶるぶるふるえだして、どうしても手出しをなさることができませんでした。そこで弟さまの神沼河《かんぬかわ》耳命《みみのみこと》がその刀を取ってお進みになり、ひと息に命《みこと》を殺しておしまいになりました。

神八井耳命《かんやいみみのみこと》はあとで弟さまに向かって、

「わたしはあの仇《かたき》が殺せなかったけれど、そなたはみごとに殺してしまった。だから、わたしは兄だけれど、人の上《かみ》に立つことはできない。どうぞそなたが天皇の位《くらい》について天下を治めてくれ、わたしは神々を祀《まつ》る役目を引き受けて、そなたに奉公《ほうこう》をしよう」とおっしゃいました。それで、弟の命《みこと》はお二人のお兄《あに》さまをおいてお位におつきになり、大和《やまと》の葛城宮《かつらぎのみや》にお移りになって、天下をお治めになりました。すなわち第二代、綏靖天《すいぜいてん》皇《のう》さまでいらっしゃいます。

天皇はご短命で、御年《おんとし》四十五でおかくれになりました。

赤い楯《たて》、黒い楯《たて》

一

綏靖天皇《すいぜいてんのう》から御《おん》七代をへだてて、第十代めに崇神天皇《すじんてんのう》がお位《くらい》におつきになりました。天皇にはお子さまが十二人おありになりました。そのなかで皇女《おうじょ》、豊鉏入媛《とよすきいりひめ》が、はじめて伊勢《いせ》の天照大神《あまてらすおおかみ》のお社《やしろ》に仕えて、そのお祭りをお司《つかさど》りになりました。また、皇子《おうじ》倭日子命《やまとひこのみこと》がお亡《な》くなりになったときに、人垣《ひとがき》といって、お墓《はか》のまわりへ人を生きながら埋《うず》めてお供《とも》をさせるならわしがはじまりました。

この天皇の御代《みよ》には、はやり病《やまい》がひどくはびこって、人民という人民はほとんど死に絶えそうになりました。

天皇は非常にお嘆《なげ》きになって、どうしたらよいか、神のお告げをいただこうとおぼしめして、御身《おんみ》を潔《きよ》めて、慎《つつし》んでお寝床《ねどこ》の上にすわっておいでになりました。そうするとその夜《よ》のお夢に、三輪《みわ》の社《やしろ》の大物主神《おおものぬしのかみ》が現れていらしって、

「こんどの疫病《やくびょう》はこのわしがはやらせたのである。これをすっかり亡《ほろ》ぼしたいと思うならば、大多根子《おおたねこ》というものにわしの社《やしろ》をまつらせよ」とお告げになりました。天皇はすぐに四方へ早馬《はやうま》のお使いをお出しになって、そういう名前の人をお探《さが》しになりますと、一人の使いが、河内《かわち》の美努村《みぬむら》というところでその人を見つけてつれてまいりました。

天皇はさっそく御前《ごぜん》にお召《め》しになって、

「そちはだれの子か」とおたずねになりました。

すると大多根子《おおたねこ》は、

「わたくしは大物主神《おおものぬしのかみ》のお血筋《ちすじ》をひいた、建甕槌命《たけみかづちのみこと》と申しますものの子でございます」

とお答えいたしました。

それというわけは、大多根子《おおたねこ》から五代もまえの世に、陶都耳命《すえつみみのみこと》という人の娘《むすめ》で、活玉《いくたま》依媛《よりひめ》という、たいそう美しい人がおりました。

この依媛《よりひめ》があるとき、一人の若い人をお婿《むこ》さまにしました。その人は、顔かたちから、いずまいの美しい気高《けだか》いことといったら、世の中にくらべるものもないくらい、りっぱ

な、りりしい人でした。

媛《ひめ》はまもなく子供が生まれそうになりました。しかしそのお婿《むこ》さんは、はじめから、ただ夜だけ媛のそばにいるきりで、明け方になるといつのまにかどこかへ行ってしまって、けっしてだれにも顔を見せませんし、お嫁《よめ》さんの媛にさえ、どこのだれかということすらも打ち明けませんでした。

媛《ひめ》のお父さまとお母さまとは、どうかして、そのお婿《むこ》さんを、どこの何人《なにびと》か突きとめたいと思いまして、ある日、媛に向かって、

「今夜は、お部屋へ赤土《あかつち》をまいておおき。それから麻糸《あさいと》のまりを針《はり》にとおして用意しておいて、お婿《むこ》さんが出てきたら、そっと着物のすそにその針をさしておおき」と言いました。

媛《ひめ》はその晩《ばん》、言われたとおりに、お婿《むこ》さんの着物のすそへ麻糸《あさいと》をつけた針《はり》をつきさしておきました。

あくる朝になって見ますと、針についている麻糸《あさいと》は、戸のかぎ穴から外へつたわっていました。そして糸のたまは、すっかり繰《く》りほどけて、お部屋の中には、わずか三《み》まわり輪《わ》に巻けた長さしか残っておりませんでした。

それでともかくお婿《むこ》さんは、戸のかぎ穴から出はいりしていたことがわかりました。媛《ひめ》はその糸の伝わっているほうへずんずん行ってみますと、糸はしまいに、三輪山《みわやま》のお社《やしろ》の中にはいって止まっていました。それで、はじめて、お婿《むこ》さんは大物主神《おおものぬしのかみ》でいらしったことがわかりました。

大多根子《おおたねこ》はこのお二人の間に生まれた子の四代めの孫でした。

天皇は、さっそくこの大多根子《おおたねこ》を三輪《みわ》の社《やしろ》の神主《かんぬし》にして、大物主神《おおものぬしのかみ》のお祭りをおさせになりました。それといっしょに、お供《そな》えものを入れる土器《かわらけ》をどっさり作らせて、大空の神々や下界《げかい》の多くの神々をおまつりになりました。そのなかのある神さまには、とくに赤色の楯《たて》や黒塗《くろぬり》の楯をおあげになりました。

そのほか、山の神さまや河《かわ》の瀬《せ》の神さまにいたるまで、いちいちもれなくお供《そな》えものをおあげになって、ていちょうにお祭りをなさいました。そのために、疫病《やくびょう》はやがてすっかりとまって、天下はやっと安らかになりました。

二

天皇はついで大毘古命《おおひこのみこと》を北陸道《ほくろくどう》へ、その子の建沼河別命《たけぬかわわけのみこと》を東山道《とうさんどう》へ、そのほか強い人を方々《ほうぼう》へおつかわしになって、ご命令に従《したが》わない、多くの悪《わる》ものどもをご征伐《せいばつ》になりました。

大毘古命《おおひこのみこと》はおおせをかしこまって出てゆきましたが、途中で、山城《やましろ》の幣羅坂《へらざか》というところへさしかかりますと、その坂の上に腰布《こしぬの》ばかりを身につけた小娘《こむすめ》が立っていて、

「これこれ申し天子《てんし》さま、

あなたをお殺し申そうと、

前の戸に、

裏《うら》の戸に、

往《い》ったり来たり、

すきを狙《ねら》っているものが、

そこにいるとも知らないで、

これこれ申し天子さま」

と、こんなことをうたいました。

大毘古命《おおひこのみこと》は変だと思いまして、わざわざ馬をひきかえして、

「今言ったのはなんのことだ」とたずねました。

すると小娘《こむすめ》は、

「わたくしはなんにも言いはいたしません。ただ歌をうたっただけでございます」と答えるなり、もうどこへ行ったのか、ふいに姿《すがた》が見えなくなってしまいました。

大毘古命《おおひこのみこと》は、その歌の言葉がしきりに気になってならないものですから、とうとうそこからひきかえしてきて、天皇にそのことを申しあげました。すると天皇は、

「それは、きっと、山城《やましろ》にいる、わしの腹《はら》ちがいの兄、建波邇安王《たけはにやすのみこ》が、悪《わる》だくみをしている知らせに相違《そうい》あるまい。そなたはこれから軍勢《ぐんぜい》をひきつれて、すぐに討《う》ち取りに行ってくれ」とおっしゃって、彦国夫玖命《ひこくにぶくのみこと》という方《かた》をそえて、いっしょにおつかわしになりました。

二人は、神々のお祭りをして、勝利を祈《いの》って出かけました。そして、山城《やましろ》の木津川《きつがわ》まで行きますと、建波邇安王《たけはにやすのみこ》はあんのじょう、天皇にお叛《そむ》き申して、兵を集めて待ち受け

ていらっしゃいました。両方の軍勢《ぐんぜい》は川を挟《はさ》んで向かい合いに陣取《じんど》りました、彦国夫玖《ひこくにぶくの》命《みこと》は、敵《てき》に向かって、

「おおい、そちらのやつ、まず皮切りに一矢《ひとや》射《い》てみよ」とどなりました。敵《てき》の大将の建《たけ》波邇安王《はにやすのみこ》は、すぐにそれに応じて、大きな矢をひゅうッと射放《いはな》しましたが、その矢はだれにもあたらないで、わきへそれてしまいました。それでこんどはこちらから国夫玖《くにぶくの》命《みこと》が射かけますと、その矢はねらいたがわず建波《たけは》邇安王《にやすのみこ》を刺《さ》し殺してしまいました。

敵《てき》の軍勢《ぐんぜい》は、王《みこ》が倒《たお》れておしまいになると、たちまち総《そう》くずれになって、どんどん逃《に》げ出してしまいました。国夫玖命《くにぶくのみこと》の兵はどんどんそれを追っかけて、河内《かわち》の国のある川の渡《わた》しのところまで追いつめてゆきました。

すると賊兵《ぞくへい》のあるものは、苦しまぎれにうんこが出て、下ばかまを汚《よご》しました。

こちらの軍勢《ぐんぜい》はそいつらの逃《に》げ路《みち》をくいとめて、かたっぱしからどんどん斬《き》り殺してしまいました。そのたいそうな死骸《しがい》が川に浮かんで、ちょうど鵜《う》のように流れくだってゆきました。

大毘古命《おおひこのみこと》は天皇にそのしだいをすっかり申しあげて、改めて北陸道《ほくろくどう》へ出立《しゅったつ》しました。

そのうちに大毘古命《おおひこのみこと》の親子をはじめ、そのほか方々《ほうぼう》へおつかわしになった人々が、み

んな、おおせつかった地方を平《たい》らげて帰りました。そんなわけで、もういよいよどこにも天皇にお逆《さか》らいするものがなくなって、天下は平らかに治まり、人民もどんどん裕福《ゆうふく》になりました。それで天皇ははじめて人民たちから、男からは弓端《ゆはず》の調《みつぎ》といって、弓矢で捕《と》った獲物《えもの》のうちのいくぶんを、女からは手末《たなすえ》の調《みつぎ》といって、紡《つむ》いだり、織ったりして得たもののいくぶんを、それぞれ貢物《みつぎもの》としてお召《め》しになりました。

天皇はまた、人民のために方々《ほうぼう》へ耕作《こうさく》用の池をお作りになりました。天皇の高いお徳は、のちの代《よ》からも、いついつまでも永《なが》くおほめ申しあげました。

唖《おうし》の皇子《おうじ》

一

崇神天皇《すじんてんのう》のおあとには、お子さまの垂仁天皇《すいにんてんのう》がお位《くらい》をお継《つ》ぎになりました。天皇は、沙本毘古王《さほひこのみこ》という方《かた》のお妹さまで沙本媛《さほひめ》とおっしゃる方を皇后《こうごう》にお召《め》しになって、大和《やまと》の玉垣《たまがき》の宮《みや》にお移りになりました。

その沙本毘古王《さほひこのみこ》が、あるとき皇后に向かって、

「あなたは夫と兄とはどちらがかわいいか」と聞きました。皇后は、

「それはお兄《あに》さまのほうがかわゆうございます」とお答えになりました。すると王《みこ》は、用意していた鋭《するど》い短刀をそっと皇后にわたして、

「もしおまえが本当にわしをかわいいと思うなら、どうぞこの刀で、天皇がお寝《よ》ってい

らっしゃるところを刺《さ》し殺しておくれ。そして二人でいつまでも天下を治めようではないか」と言って、むりやりに皇后を説《と》き伏《ふ》せてしまいました。

天皇は二人がそんなおそろしいたくらみをしているとはご存じないものですから、ある晩《ばん》、なんのお気もなく、皇后のおひざをまくらにしてお眠《ねむ》りになりました。

皇后はこのときだとお思いになって、いきなり短刀を抜きはなして、天皇のお頸《くび》を真下にねらって、三度までお振りかざしになりましたが、いよいよとなると、さすがにおいたわしくて、どうしてもお手をおくだしになることができませんでした。そしてとうとう悲しさに堪《た》えきれないで、おんおんお泣きだしになりました。

その涙《なみだ》が天皇のお顔にかかって流れ落ちました。天皇はそれといっしょに、ひょいとお目ざめになって、

「おれはいま奇態《きたい》な夢を見た。沙本《さほ》の村のほうからにわかに大雨が降ってきて、おれの顔にぬれかかった。それから、錦色《にしきいろ》の小さな蛇《へび》がおれの頸《くび》へ巻きついた。いったいこんな夢はなんの兆《しるし》であろう」と、皇后に向かっておたずねになりました。皇后はそうおっしゃられると、ぎくりとなすって、これはとても隠《かく》しきれないとお思いになったので、お兄《あに》さまとお二人のおそれ多いたくらみを、すっかり白状《はくじょう》しておしまいになりました。

天皇はそれをお聞きになると、びっくりなすって、

「いやそれはあぶなくばかな目をみるところであった」とおっしゃりながら、すぐに軍《ぐん》勢《ぜい》をお集めになって、沙本毘古《さほひこ》を討《う》ち取りにおつかわしになりました。

すると沙本毘古《さほひこ》のほうでは、稲束《いねたば》をぐるりと積みあげて、それでとりでをこしらえて、ちゃんと待ちうけておりました。天皇の軍勢《ぐんぜい》はそれをめがけて撃《う》ってかかりました。

皇后はそうなると、こんどはまたお兄《あに》さまのことがおいたわしくおなりになって、じっとしておいでになることができなくなりました。それで、とうとうこっそり裏口《うらぐち》のご門からぬけ出して、沙本毘古《さほひこ》のとりでの中へかけつけておしまいになりました。

皇后はそのときちょうど、お腹《なか》にお子さまをお持ちになっていらっしゃいました。

天皇は、もはや三年もご寵愛《ちょうあい》になっていた皇后でおありになるうえに、たまたまお身持ちでもいらっしゃるものですから、いっそうおかわいそうにおぼしめして、どうか皇后のお身におけがないようにと、それからは、とりでもただ遠巻《とおま》きにして、むやみに攻《せ》め落とさないように、とくにご命令をおくだしになりました。

二

そんなことで、かれこれ戦《いくさ》も長びくうちに、皇后《こうごう》はお兄《あにい》さまのとりでの中で皇子《おうじ》をお産みおとしになりました。

皇后はそのお子さまをとりでのそとへ出させて、天皇の軍勢《ぐんぜい》のものにお見せになり、

「この御子《みこ》をあなたのお子さまとおぼしめしてくださるならば、どうぞ引き取ってご養育なすってくださいまし」と、天皇にお伝えさせになりました。

天皇はそのことをお聞きになりますと、ついでにどうかして皇后をもいっしょに取りかえしたいとお思いになりました。それは、兄の沙本毘古《さほひこ》に対しては、刻《きざ》み殺してもたりないくらい、お憤《いきどお》りになっておりますが、皇后のことだけは、どこまでもおいたわしくおぼしめしていらっしゃるからでした。

それで味方の兵士の中で、いちばん力の強い、そしていちばんすばしっこいものをいく人かお選びになって、

「そちたちはあの皇子《おうじ》を受け取るときに、必ず母の后《きさき》をもひきさらってかえれ。髪《かみ》でも

手でも、つかまりしだいに取りつかまえて、むりにもつれ出してこい」とお言いつけになりました。

しかし皇后のほうでも、天皇がきっとそんなお企《くわだ》てをなさるにちがいないと、ちゃんとお感づきになっていましたので、そのときの用意に、前もってお髪《ぐし》をすっかりお剃《そ》り落としになって、そのお毛をそのままそっとおかぶりになり、それからお腕先《うでさき》のお玉飾《たまかざ》りも、わざと、つなぎの緒《お》を腐《くさ》らして、お腕へ三重《みえ》にお巻きつけになり、お召《め》しものも、わざわざ酒で腐らしたのをお召しになって、それともなげに皇子《おうじ》を抱《だ》きかかえて、とりでの外へお出ましになりました。

待ちかまえていた勇士《ゆうし》たちは、そのお子さまをお受け取り申すといっしょに、皇后をも奪《うば》い取ろうとして、すばやく飛びかかってお髪《ぐし》をひっつかみますと、お髪《ぐし》はたちまちすらりとぬげ落ちてしまいました。

「おや、しまった」と、こんどはお手をつかみますと、そのお手の玉飾《たまかざ》りの緒《お》もぷつりと切れたので、難《なん》なくお手をすりぬいてお逃《に》げになりました。こちらはまたあわてて追いすがりながら、ぐいとお召《め》しものをつかまえました。すると、それもたちまちぼろりとちぎれてしまいました。その間《ま》に皇后は、さっと中へ逃げこんでおしまいになりました。

勇士《ゆうし》どもはしかたなしに、皇子《おうじ》一人をお抱《かか》え申して、しおしおとかえってまいりました。

天皇はそれらのものたちから、

「お髪《ぐし》をつかめばお髪《ぐし》がはなれ、玉の緒《お》もお召《め》しものも、みんなぷすぷす切れて、とうとうおとりにがし申しました」とお聞きになりますと、それはそれはたいそうお悔《く》やみになりました。

天皇はそのために、宮中《きゆうちゆう》の玉飾《たまかざ》りの細工《さいく》人《にん》たちまでお憎《にく》みになって、それらの人々が知行《ちぎよう》にいただいていた土地を、いきなり残らずとりあげておしまいになりました。

それから改めて皇后のほうへお使いをお出しになって、

「すべて子供の名は母がつけるものときまっているが、あの皇子《おうじ》は、なんという名前にしようか」とお聞きかせになりました。

皇后はそれに答えて、

「あの御子《みこ》は、ちょうどとりでが、火をかけられて焼《や》けるさいちゅうに、その火の中でお生まれになったのでございますから、本牟《ほむ》智別王《ちわけのみこ》とおよび申したらよろしゅうございましょう」とおっしゃいました。そのほむちというのは火のことでした。

　天皇はそのつぎには、

「あの子には母がないが、これからどうして育てたらいいか」とおたずねになりますと、

「では乳母《うばめ》をお召しかかえになり、お湯をおつかわせ申す女たちをもお置きになって、それらのものにおまかせになればよろしゅうございます」とお答えになりました。

　天皇は最後に、

「そちがいなくなっては、おれの世話はだれがするのだ」とお聞きになりました。すると皇后は、

「それには、丹波《たんば》の道能宇斯王《みちのうしのみこ》の子に、兄媛《えひめ》、弟媛《おとひめ》という姉妹《きょうだい》の娘《むすめ》がございます。これならば家柄《いえがら》も正しい女たちでございますから、どうかその二人をお召《め》しなさいまし」とおっしゃいました。

　天皇はもういよいよしかたなしに、一気にとりでを攻《せ》め落として、沙本毘古《さほひこ》を殺させておしまいになりました。

　皇后も、それといっしょに、炎々《えんえん》と焼《や》けあがる火の中に飛びこんでおしまいになりました。

三

お母上《ははうえ》のない本牟智別王《ほむちわけのみこ》は、それでもおしあわせに、ずんずん丈夫《じょうぶ》にご成長になりました。

天皇はこの皇子《おうじ》のために、わざわざ尾張《おわり》の相津《あいづ》というところにある、二《ふた》またになった大きな杉《すぎ》の木をお切らせになって、それをそのまま刳《く》って二またの丸木舟《まるきぶね》をお作らせになりました。そして、はるばると大和《やまと》まで運ばせて、市師《いちし》の池という池にお浮《う》かべになり、その中へごいっしょにお乗りになって、皇子をお遊ばせになりました。

しかしこの皇子は、のちにすっかりご成人になって、長いお下《した》ひげがお胸先《むなさき》に垂《た》れかかるほどにおなりになっても、お口がちっともおきけになりませんでした。

ところがあるとき、こうのとりが、空を鳴いて飛んでゆくのをご覧《らん》になって、お生まれになってからはじめて、

「あわわ、あわわ」とおおせになりました。

天皇は、さっそく、山辺大鷹《やまべのおおたか》というものに、

「あの鳥をとってきてみよ」とお言いつけになりました。
大鷹《おおたか》はかしこまって、その鳥のあとをどこまでも追っかけて、紀伊《きい》の国、播磨《はりま》の国へとくだってゆき、そこから因幡《いなば》、丹波《たんば》、但馬《たじま》をかけまわったのち、こんどは東のほうへまわって、近江《おうみ》から美濃《みの》、尾張《おわり》をかけぬけて信濃《しなの》にはいり、とうとう越後《えちご》のあたりまでつけてゆきました。そして、やっとのことで和那美《わなみ》という港でわな網《あみ》を張って、ようやく、そのこうのとりをつかまえました。そして大急ぎで都《みやこ》へかえって、天皇におさし出し申しました。

天皇は、その鳥を皇子《おうじ》にお見せになったら、おものがおっしゃれるようにおなりにもなりはしないかとおぼしめして、わざわざ捕《と》りにおつかわしになったのでした。しかし皇子は、やはりそのままひとこともおものをおっしゃいませんでした。

天皇はそのために、いつもどんなにお心をおいためになっていたかしれませんでした。

そのうちに、ある晩《ばん》、ふと夢の中で、

「わしのお社《やしろ》を天皇のお宮《みや》のとおりにりっぱに作り直してくださるなら、王《みこ》は必ず口がきけるようにおなりになる」と、こういうお告げをお聞きになりました。

天皇は、どの神さまのお告げであろうかと急いで占《うらな》いの役人に言いつけて占わせてごらんになりますと、それは出雲《いずも》の大神《おおかみ》のお告げで、皇子はその神のお祟《たた》りで唖《おうし》にお生まれになったのだとわかりました。

それで天皇は、すぐに皇子《おうじ》を出雲《いずも》へおまいりにお出しになることになさいました。

それにはだれをつけてやったらよかろうと、また占《うらな》わせてごらんになりますと、曙立《けたつの》王《みこ》という方《かた》が占いにおあたりになりました。

天皇は、その曙立王《けたつのみこ》にお言いつけになって、なお念のために、伺《うかが》いのお祈《いの》りを立てさせてごらんになりました。

王《みこ》はおおせによって、鷺《さぎ》の巣《す》の池という池のそばへ行って、

「あのお夢のお告げのとおり、出雲《いずも》の大神《おおかみ》を拝《おが》んでおしるしがあるものならば、その証拠《しょうこ》に、この池の鷺《さぎ》どもをみんな死なせてみせてくださるように」とお祈《いの》りをしますと、そのまわりの樹《き》の上にとまっていた池じゅうの鷺が、いっせいにぱたぱたと池に落ちて死んでしまいました。そこでこんどは祈りをかえして、

「あの鷺《さぎ》がことごとく生きかえりますように」と言いますと、いったん死んだそれらの鷺が、またたちまち元のとおりに生きかえりました。そのつぎには古樫《ふるかし》の岡《おか》という岡の上に繁《しげ》っている、葉の大きな樫《かし》の木も、曙立王《けたつのみこ》の祈《いの》りによって、同じように枯《か》れたりま

た生きかえったりしました。

そんなわけで、お夢のこともまったく出雲《いずも》の大神《おおかみ》のお告げだということがいよいよたしかになりました。

天皇はすぐに曙立王《けたつのみこ》と兎上王《うがみのみこ》との二人を本牟智別王《ほむちわけのみこ》につけて、出雲へおつかわしになりました。

そのご出立《しゅったつ》のときにも、どちらの道を選べばよいかとお占《うらな》わせになりました。すると、脇道《わきみち》の紀伊街道《きいかいどう》を通ってゆけば、必ずさいさきがよいと、こう占いに出ました。一同はそのとおりにして立っておいでになりました。

天皇は皇子《おうじ》のお名前を永《なが》くのちの世までお伝えになるために、その途中のいたるところに、本牟智部《ほむちべ》という部族をおこしらえさせになりました。

皇子《おうじ》は、いよいよ出雲《いずも》にお着きになって、大神《おおかみ》のお社《やしろ》におまいりになりました。

そしてまた都《みやこ》へおかえりになろうとなさいますと、その出雲《いずも》の国をおあずかりしている、国造《くにのみやつこ》という、いちばん上の役人が、肥《ひ》の河《かわ》の中へ仮《かり》のお宮《みや》をつくり、それへ、細《ほそ》木《き》を編《あ》んだ橋をわたして、そのお宮で、皇子を、ごちそうしておもてなし申しあげました。

そのとき河下《かわしも》のほうには、皇子《おうじ》のお目をなぐさめるために、青葉で、作りものの山がこしらえてありました。

皇子《おうじ》はそれをご覧《らん》になって、

「あの河下《かわしも》に、山のように見えている青葉は、あれは本当の山ではないだろう。神主《かんぬし》たちが大国主神《おおくにぬしのかみ》のお祭りをする場所でもあるのか」と、突然《とつぜん》こうお聞きになりました。

お供《とも》の曙立王《けたつのみこ》や兎上王《うがみのみこ》たちは、皇子《おうじ》がふいにおものがおっしゃれるようになったので、びっくりして喜んで、すぐに早馬《はやうま》のお使いを立てて、そのことを天皇にお知らせ申しました。

皇子《おうじ》はそれからほかのお宮《みや》へお移りになって、肥長媛《ひながひめ》という人をお妃《きさき》におもらいになりました。

ところがあとでご覧《らん》になりますと、それは蛇《へび》が女になって出てきたのだとわかりました。

皇子《おうじ》はびっくりなすって、みんなとごいっしょに船に乗ってお逃《に》げになりました。

すると蛇《へび》の媛《ひめ》は、皇子《おうじ》のおあとを慕《した》って、急いで別の船を仕立てて、海の上をきらきらと照らしながら、どんどん追っかけてきました。皇子はいよいよ気味《きみ》が悪くおなりになって、あわてて船を引きあげさせて、それを引っぱらせて山の間をお越《こ》えになり、またその船をおろして海をおわたりになったりなすって、やっとぶじに都《みやこ》へ逃《に》げておかえりになりました。

曙立王《けたつのみこ》は天皇におめみえをして、

「おおせのとおりに大神《おおかみ》をお拝《おが》みになりますと、まもなく、急にお口がおきけになるようになりましたので、一同でお供《とも》をしてかえってまいりました」と申しあげました。

天皇は、それはそれは言うに言われないほどお喜びになりました。そしてすぐに兎上王《うがみのみこ》をまたふたたび出雲《いずも》へおくだしになって、大神《おおかみ》のお社《やしろ》をりっぱにご造営《ぞうえい》になりました。

四

天皇はそれですっかりご安神《あんしん》になったので、こんどはご不自由がちな、おそばのご用をお言いつけになるために、かねて皇后《こうごう》がおっしゃっておおきになったように、丹波《たんば》から兄媛《えひめ》たちの姉妹《きょうだい》四人をお召《め》しよせになりました。

しかし下の二人はたいそうみにくい子でしたので、天皇は兄媛《えひめ》とそのつぎの弟媛《おとひめ》とだけをお抱《かか》えになって、あとの二人はそのままお家《うち》へかえしておしまいになりました。

するといちばん下の円野媛《まどのひめ》は、四人がいっしょにお召《め》しにあって伺《うかが》いながら、二人だけは顔が汚《きたな》いためにご奉公《ほうこう》ができないでかえされたといえば、近所の村々への聞こえも恥《は》ずかしく、とても生きてはいられないと言って、途中の、山城《やましろ》の乙訓《おとくに》というところまでかえりますと、哀《あわ》れにも、そこの深い淵《ふち》に身を投げて死んでしまいました。

それから天皇はある年、多遅摩毛理《たじまもり》というものに、常世国《とこよのくに》へ行って、香《かおり》の高いたちばなの実を取ってこいとおおせつけになりました。

多遅摩毛理《たじまもり》はかしこまって、長い年月《としつき》の間いっしょうけんめいに苦心《くしん》して、はてしもない大海《おおうみ》の向こうの、遠い遠いその国へやっとたどり着きました。そしておおせのたちばなの実の、枝葉《えだは》のままついたのを八つ、実ばかりのを八つもぎ取って、また長い長い間かかって、ようよう都《みやこ》へ帰ってきました。しかし天皇はその前に、もうとっくにおかくれになっていました。

多遅摩毛理《たじまもり》はそのことをうけたまわると、それはそれはがっかりして、葉つきの実を四つと、葉のないのを四つとを、天皇のおそばにお仕え申していた兄媛《えひめ》にさしあげたうえ、あとの四つずつを天皇のお墓《はか》にお供《そな》え申しました。そして泣き泣き大声をはりあげ

て、

「ご覧《らん》くださいまし。このとおりおおせの実を取ってまいりました。どうぞご覧くださいまし」と、そのたちばなを両手にさしあげて、くりかえしくりかえし、いつまでもそのお墓《はか》の前で叫《さけ》びつづけて、とうとうそれなり叫び死《じ》にに死んでしまいました。

白い鳥

一

第十二代景行天皇《けいこうてんのう》は、お身の丈《たけ》が一丈二寸《じょうすん》、おひざから下が四尺《しゃく》一寸もおありになるほどの、偉大《いだい》なお体格でいらっしゃいました。それからお子さまも、すべてで八十人もお生まれになりました。

天皇はそのなかで、のちにおあとをお継《つ》ぎになった若帯日子命《わかたらしひこのみこと》と、小碓命《おうすのみこと》とおっしゃる皇子《おうじ》と、ほかにもうお一方《ひとかた》とだけをおそばにおとめになり、あとの七十七人のかたがたをことごとく、地方地方の国造《くにのみやつこ》、別《わけ》、稲置《いなぎ》、県主《あがたぬし》という、それぞれの役におつけになりました。

あるとき天皇は、美濃《みの》の、神大根王《かんおおねのみこ》という方《かた》の娘《むすめ》で、兄媛《えひめ》弟媛《おとひめ》という姉妹《きょうだい》が、二人ともたいそうきりょうのよい子だという評判をお聞きになって、それをじっさいにおたしかめになったうえ、さっそく御殿《ごてん》にお召《め》し使いになるおつもりで、皇子《おうじ》の大碓命《おおうすのみこと》にお言いつけになって、二人を召しのぼせにおつかわしになりました。すると、大碓命《おおうすのみこと》は、その二人のものをご自分のお召使《めしつか》いに取ってしまいになり、別に二人の姉妹《きょうだい》の女をさがしだして、それを兄媛《えひめ》、弟媛《おとひめ》だといつわって、天皇にお目通りをおさせになりました。

天皇はそれがほかの女であるということを、ちゃんとお見ぬきになりました。しかしうわべでは、あくまでだまされていらっしゃるようにお見せかけになって、二人をそのまま御殿《ごてん》にお置きになりました。その代わりお手近《てぢか》のご用は、わざとほかのものにお言いつけになって、それとなく二人をおこらしめになりました。

大碓命《おおうすのみこと》はそんな悪いことをなすってからは、天皇の御前《ごぜん》へお出ましになるのをうしろぐらくおぼしめして、さっぱりお顔をお見せになりませんでした。

天皇はある日、弟さまの皇子《おうじ》の小碓命《おうすのみこと》に向かって、

「そちが兄は、どういうわけで、このせつ朝夕の食事のときにも出てこないのであろう。おまえ行って、よく申し聞かせよ」とおっしゃいました。

しかし、それから五日もたっても、大碓命《おおうすのみこと》は、やっぱりそのままお顔出しをなさらないものですから、天皇は小碓命《おうすのみこと》を召《め》して、

「兄はどうしていつまでも食事に出てこないのか。おまえはまだ言わないのではないか」とお聞きになりました。

「いいえ、申し聞かせました」と命《みこと》はお答えになりました。

「ではどういうふうに話したのか」

「ただ朝早く、お兄《あに》さまが厠《かわや》にはいりますところを待ちうけて、つかみくじき、手足をむしりとって、死体をこもにくるんでうッちゃりました」と、命《みこと》はまるでむぞうさにこう言って、すましていらっしゃいました。

天皇はそれ以来、小碓命《おうすのみこと》のきつい荒《あら》いご気性《きしよう》をおそろしくおぼしめして、どうかしてそれとなく命《みこと》をおそばから遠ざけようとお考えになりました。それでまもなく命を召《め》して、

「じつは西のほうに熊襲建《くまそたける》というものの兄弟がいる。二人ともわしの命令に従《したが》わない無礼なやつである。そちはこれから行って、かれらをうちとってまいれ」とおおせになりました。

それで命《みこと》は、急いで伊勢《いせ》におくだりになって、大神宮《だいじんぐう》にお仕えになっている、おんおば上《うえ》の倭媛《やまとひめ》にお別れをなさいました。

するとおば上からは、ご料《りょう》のお上着《うわぎ》と、おはかま着《ぎ》と、懐剣《かいけん》とを、お別れのお印《しるし》におくだしになりました。

命《みこと》はそれからすぐに、今の日向《ひゅうが》、大隅《おおすみ》、薩摩《さつま》の地方へ向かっておくだりになりました。

そのとき命は、まだお髪《ぐし》をお額《ひたい》にお結《ゆ》いになっている、ただほんの一少年でいらっしゃいました。

二

命《みこと》は、その土地にお着きになり、熊襲建《くまそたける》の家《うち》へ近づいて、ようすをおうかがいになりますと、建《たける》らは、家のまわりへ軍勢《ぐんぜい》をぐるりと三重《じゅう》に立て囲《かこ》わせて、その中に住まっておりました。そして、たまたまちょうどその家が出来上がったばかりで、近々にそのお祝《いわ》いの宴会《えんかい》をするというので、大さわぎでしたくをしているところでした。

命《みこと》はそのあたりをぶらぶら歩きまわって、その宴会《えんかい》の日が来るのを待ちかまえていらっしゃいました。そして、いよいよその日になりますと、今までお結《ゆ》いになっていたお髪《ぐし》を、少女のように梳《す》き下げになさり、おんおば上《うえ》からおさずかりになったご衣裳《いしょう》を召《め》して、すっかり小女《こおんな》の姿《すがた》におなりになりました。そして、ほかの女たちのなかにまじって、建《たける》どもの宴会《えんかい》のへやへはいっておいでになりました。

すると熊襲建《くまそたける》兄弟は、命《みこと》を本当の女だとばかり思いこんでしまいまして、その姿《すがた》のきれいなのがたいそう気にいったので、とくに自分たち二人の間にすわらせて、大喜びで飲みさわぎました。

命《みこと》は、みんながすっかり興《きょう》にいったころを見はからって、そっと懐《ふところ》から剣《つるぎ》をお取り出しになったと思いますと、いきなり片手で兄の建《たける》のえり首をつかんで、胸《むね》のところをひと突きに突き通しておしまいになりました。

弟の建《たける》はそれを見ると、あわててへやの外へ逃《に》げ出そうとしました。

命《みこと》は、それをもすかさず、階段《かいだん》の下に追いつめて、手早く背中をひっつかみ、ずぶりとおしりをお突き刺《さ》しになりました。

建《たける》はそれなりじたばたしようともしないで、

「どうぞその刀をしばらく動かさないでくださいまし。ひとこと申しあげたいことがご

ざいます」と、言いました。それで命《みこと》は刀をお刺《さ》しになったなり、しばらく押し伏《ふ》せたままにしていらっしゃいますと、建《たける》は、

「いったいあなたはどなたでございます」と聞きました。

「おれは、大和《やまと》の日代《ひしろ》の宮《みや》に天下《てんか》を治めておいでになる、大帯日子天皇《おおたらしひこてんのう》の皇子《おうじ》、名は倭《やまと》童男王《おぐなのみこ》というものだ。なんじら二人とも天皇のおおせに従《したが》わず、無礼なふるまいばかりしているので、勅命《ちょくめい》によって誅伐《ちゅうばつ》にまいったのだ」と、命《みこと》は雄々《おお》しくお名乗りになりました。

建《たける》はそれを聞いて、

「なるほど、そういうお方《かた》に相違《そうい》ございますまい。この西の国じゅうには、わたくしども二人より強いものは一人もおりません。それにひきかえ大和《やまと》には、われわれにもまして、すばらしいお方がいられたものだ。おそれながらわたくしがお名前をさしあげます。これからはあなたのお名前を倭建命《やまとたけるのみこと》とおよび申したい」と言いました。

命《みこと》は建《たける》がそう言いおわるといっしょに、その荒《あら》くれものを、まるで熟《じゅく》したまくわうりを切るように、ずぶずぶと切りほふっておしまいになりました。

それ以来、だれもかれも命《みこと》のご武勇《ぶゆう》をおほめ申して、お名前を倭建命《やまとたけるのみこと》と申しあげる

ようになりました。

命は、それから大和へおひきかえしになるお途中で、いろんな山の神や河の神や、穴《あな》戸《ど》の神と称《とな》えて、方々《ほうぼう》の険阻《けんそ》なところにたてこもっている悪神《わるがみ》どもを、片《かた》はしからお従《したが》えになったのち、出雲《いずも》の国へおまわりになって、そのあたりで幅《はば》をきかせている、出雲《いずも》建《たける》という悪《わる》ものをお退治《たいじ》になりました。

　命《みこと》はまずその建《たける》の家《うち》へたずねておいでになって、その悪《わる》ものとご交際《こうさい》をお結びになりました。そして、そのあとで、こっそりと赤樫《いちいのき》という木を刀のようにお削《けず》りになり、それをりっぱな太刀《たち》のように飾《かざ》りをつけておつるしになって、建《たける》をさそい出して、二人で肥《ひ》の河《かわ》の水を浴びにいらっしゃいました。そして、いいかげんなころを見はからって、ご自分のほうが先にお上がりになり、ご冗談《じょうだん》のように建の太刀をお身におつけになりながら、

「どうだ、二人でこの刀のとりかえッこをしようか」とおっしゃいました。建《たける》はあとからのそのそ上がってきて、

「よろしいとりかえよう」と言いながら、うまくだまされて命《みこと》のにせの刀をつるしました。命は、

「さあ、ひとつ二人で試合をしよう」とお言いになりました。そして二人とも刀を抜きはなす段《だん》になりますと、建《たける》のはにせの刀ですから、いくら力を入れても抜けようはずがありません。命《みこと》は建がそれでまごまごしているうちに、すばやく本ものの刀を引き抜いて、たちまちその悪《わる》ものを切り殺しておしまいになりました。そして、そのあとで、建が抜けない刀を抜こうとしてまごまごとあわてたおかしさを、歌につくってお笑いになりました。

三

命《みこと》はこんなにして、お道筋《みちすじ》の賊《ぞく》どもをすっかり平《たい》らげて、大和《やまと》へおかえりになり、天皇にすべてをご奏上《そうじょう》なさいました。

すると天皇は、またすぐにひきつづいて、命《みこと》に、東のほうの十二か国の悪い神々や、おおせに従わない悪《わる》ものどもを説《と》き従《したが》えてまいれとおおせになって、ひいらぎの矛《ほこ》をお授《さず》けになり、御鉏友耳建日子《みすきともみみたけひこ》というものをお付けそえになりました。

命《みこと》はお言いつけを奉《ほう》じて、またすぐにお出かけになりました。そして途中で伊勢《いせ》のお宮《みや》におまいりになって、おんおば上《うえ》の倭媛《やまとひめ》に再度《さいど》のお別れをなさいました。そのとき命はおんおば上に向かっておっしゃいました。

「天皇はわたくしを早く亡《な》くならせようとでもおぼしめすのでしょう。でも、こないだまで西のほうの賊《ぞく》を討《う》ちにまいっておりまして、やっと、たった今かえったと思いますと、またすぐに、こんどは東のほうの悪《わる》ものを討《う》ち取りにお出しになるのはどういうわけでございましょう。それもほとんど軍勢《ぐんぜい》というほどのものもくださらないのです。こんなことからおして考えてみますと、どうしてもわたくしを早く死なせようというお心持ちとしか思われません」

命《みこと》はこうおっしゃって涙《なみだ》ながらにお立ちになろうとしました。

おんおば上は、命《みこと》のそのお恨《うら》みをおやさしくおなだめになったうえ、もと神代《かみよ》のときに、須佐之男命《すさのおのみこと》が大蛇《だいじゃ》の尾《お》の中からおひろいになった、あの貴《とうと》いお宝物《たからもの》の御剣《みつるぎ》と、ほかに袋《ふくろ》を一つおさずけになり、万一、急なことが起こったら、この袋の口をおときなさい、とおおせになりました。

命《みこと》はそれから尾張《おわり》へおはいりになって、そこの国造《くにのみやつこ》の娘《むすめ》の美夜受媛《みやずひめ》のお家《うち》におとまりになりました。そして、かえりにはまた必ず立ちよるからとお言いのこしになって、さらに東の国へお進みになり、山や河《かわ》に住んでいる、荒《あら》くれ神《がみ》や、そのほか天皇にお仕えしない悪《わる》ものどもをいちいちお説《と》き従《したが》えになりました。そしてまもなく相模《さがみ》の国へお着きになりました。

すると、そこの国造《くにのみやつこ》が、命《みこと》をお殺し申そうとたくらんで、

「あすこの野なかに大きな沼《ぬま》がございます。その沼の中に住んでおります神が、まことに乱暴《らんぼう》なやつで、みんな困《こま》っております」と、おだまし申しました。

命《みこと》はそれを真《ま》にお受けになって、その野原のなかへはいっておいでになりますと、国《くにの》造《みやつこ》は、ふいにその野へ火をつけて、どんどん四方から焼《や》きたてました。

命《みこと》ははじめて、あいつにだまされたかとお気づきになりました。その間《ま》にも火はどんどん間近《まぢか》に迫《せま》ってきて、お身が危《あやう》くなりました。

命《みこと》はおば上のおおせを思い出して、急いで、例の袋《ふくろ》のひもをといてご覧《らん》になりますと、中には火打《ひうち》がはいっておりました。

命《みこと》はそれで、急いでお宝物《たからもの》の御剣《みつるぎ》を抜いて、あたりの草をどんどんお薙《な》ぎはらいになり、今の火打《ひうち》でもって、その草へ向かい火《び》をつけて、あべこべに向こうへ向かってお焼《や》きたてになりました。命はそれでようやく、その野原から逃《のが》れ出ていらっしゃいました。

そしていきなり、その悪い国造《くにのみやつこ》と、手下のものどもを、ことごとく切り殺して、火をつけて焼いておしまいになりました。

それ以来そのところを焼津《やいづ》とよびました。それから、命《みこと》が草をお切りはらいになった御剣《みつるぎ》を草薙《くさなぎ》の剣《つるぎ》と申しあげるようになりました。

命《みこと》はその相模《さがみ》の半島《はんとう》をお立ちになって、お船で上総《かずさ》へ向かっておわたりになろうとしました。すると途中で、そこの海の神がふいに大浪《おおなみ》を巻きあげて、海一面を大荒《おおあ》れに荒れさせました。命の船はたちまちくるくるまわり流されて、それこそ進むこともひきかえすこともできなくなってしまいました。

そのとき命《みこと》がおつれになっていた、お召使《めしつか》いの弟橘媛《おとたちばなひめ》は、

「これはきっと海の神の祟《たた》りに相違《そうい》ございません。わたくしがあなたのお身代わりになりまして、海の神をなだめましょう。あなたはどうぞ天皇のお言いつけをおしとげくださいまして、めでたくあちらへおかえりくださいまし」と言いながら、菅《すげ》の畳《たたみ》を八枚、皮畳《かわだたみ》六枚に、絹畳《きぬだたみ》を八枚かさねて、浪《なみ》の上に投げおろさせるやいなや、身をひるがえしてその上へ飛びおりました。

大浪《おおなみ》は見るまに、たちまち媛《ひめ》をまきこんでしまいました。するとそれといっしょに、

今まで荒《あ》れくるっていた海が、ふいにぱッたりと静まって、急に穏《おだ》やかな凪《な》ぎになってきました。

命《みこと》はそのおかげでようやく船を進めて、上総《かずさ》の岸へぶじにお着きになることができました。

それから七日めに、橘媛《たちばなひめ》の櫛《くし》がこちらの浜へうちあげられました。命《みこと》はその櫛をひろわせて、哀《あわ》れな媛《ひめ》のためにお墓《はか》をお作らせになりました。

橘媛《たちばなひめ》が生前にうたった歌に、

「さねさし、

さがむの小野《おぬ》に、

もゆる火の、

火中《ほなか》に立ちて、

問いしきみはも」

これは、相模《さがみ》の野原で火攻《ひぜ》めにおあいになったときに、その燃《も》える火の中にお立ちになっていた、あの危急《ききゅう》なときにも、命《みこと》はわたくしのことをご心配くだすって、いろいろになぐさめ問うてくだすった、ほんとに、お情《なさ》けぶかい方《かた》よと、そのもったいないお心持ちを忘《わす》れない印《しるし》にうたったのでした。

命《みこと》はそこから、なおどんどんお進みになって、いたるところで手におえない悪《わる》ものどもをご平定《へいてい》になり、山や河《かわ》の荒《あら》くれ神《がみ》をもお従《したが》えになりました。

それでいよいよ、ふたたび大和《やまと》へおかえりになることになりました。

そのお途中で、足柄山《あしがらやま》の坂の下で、お食事をなすっておいでになりますと、その坂の神が、白い鹿《しか》に姿《すがた》をかえて現れて、命を見つめてつッたっておりました。

命《みこと》は、それをご覧《らん》になると、お食べ残しのにらの切《きれ》はしをお取りになって、その鹿《しか》をめがけてお投げつけになりました。すると、それがちょうど目にあたって、鹿はばたりと倒《たお》れてしまいました。

命《みこと》はそれから坂の頂上へおあがりになり、そこから東の海をおながめになって、あの哀《あわ》れな橘媛《たちばなひめ》のことを、つくづくとお思いかえしになりながら、

「あずまはや」（ああ、わが女よ）とお嘆《なげ》きになりました。それ以来そのあたりの国々を、あずまとよぶようになりました。

四

命《みこと》は、そこから甲斐《かい》の国へお越《こ》えになりました。そして酒折宮《さかおりのみや》という御殿《ごてん》におとまりになったときに、

「にいばり、つくばを過ぎて、
いく夜《よ》か寝《ね》つる」

とおうたいになりますと、あかりの焚火《たきび》についていた一人の老人が、すぐにそのおあとを受けて、

「かかなべて、
夜《よ》には九夜《ここのよ》、
日には十日《とおか》を」

とうたいました。それは、

「蝦夷《えびす》どもを平《たい》らげながら、常陸《ひたち》の新治《にいばり》や筑波《つくば》を通りすぎて、ここまで来るのに、いく夜寝《よね》たであろう」とおっしゃるのに対して、

「かぞえてみますと、九夜《ここのよ》寝《ね》て十日《とおか》めを迎えましたのでございます」という意味でした。命《みこと》はその答えの歌をおほめになって、そのごほうびに、老人を東国造《あずまのくにのみやつこ》という役におつけになりました。

それから信濃《しなの》へおはいりになり、そこの国境《くにざかい》の地の神を討《う》ち従《したが》えて、ひとまずもとの尾張《おわり》までお帰りになりました。

命《みこと》はお往《ゆ》きがけにお約束をなすったとおり、美夜受媛《みやずひめ》のお家《うち》へおとまりになりました。そして草薙《くさなぎ》の宝剣《ほうけん》を媛《ひめ》におあずけになって、近江《おうみ》の伊吹山《いぶきやま》の、山の神を征伐《せいばつ》においでになりました。

命《みこと》はこの山の神ぐらいは素手《すで》でも殺すとおっしゃって、どんどんのぼっておいでになりました。すると途中で、牛ほどもあるような、大きな白い猪《いのしし》が現れました。命は、「この猪《いのしし》に化《ば》けて出たのは、まさか山の神ではあるまい。神の召使《めしつか》いのものであろう。こんなやつは今殺さなくとも、かえりにしとめてやればたくさんである」と、おいばりになって、そのままのぼっておいでになりました。

そうするとふいに大きなひょうがどッと降りだしました。命《みこと》はそのひょうにお襲《おそ》われになるといっしょに、ふらふらとおめまいがして、ちょうどものにお酔《よ》いになったように、お気分がとおくおなりになりました。

それというのは、さきほどの白い猪《いのしし》は、山の神の召使《めしつか》いではなくて、山の神自身が化《ば》けて出たのでした。それを命《みこと》があんなにけいべつして広言《こうげん》をお吐《は》きになったので、山の神はひどく怒《おこ》って、たちまち毒気《どつき》をふくんだひょうを降らして、命をおいじめ申したのでした。

命《みこと》は、ほとんどとほうにくれておしまいになりましたが、ともかく、ようやくのことで山をおくだりになって、玉倉部《たまくらべ》というところにわき出ている清水《しみず》のそばでご休息をなさいました。そして、そのときはじめて、いくらかご気分がたしかにおなりになりました。しかし命はとうとうその毒気《どつき》のために、すっかりおからだをこわしておしまいになりました。

やがて、そこをお立ちになって、美濃《みの》の当芸野《たぎの》という野なかまでおいでになりますと、「ああおれは、いつもは空でも飛んでゆけそうに思っていたのに、今はもう歩くこともできなくなった。足はちょうど船のかじのように曲がってしまった」とおっしゃって、お嘆《なげ》きになりました。そしてそのままた少しお歩きになりましたが、まもなくひどく疲《つか》れておしまいになったので、とうとう杖《つえ》にすがってひと足ひと足お進みになりました。

そんなにして、やっと伊勢《いせ》の尾津《おつ》の崎《さき》という海ばたの、一本松《いっぽんまつ》のところまでおかえりになりますと、この前お往《ゆ》きがけのときにその松の下でお食事をおとりになって、つい置き忘《わす》れていらしった太刀《たち》が、そのままなくならないで、ちゃんとのこっておりました。

命《みこと》は、

「おお、一《ひと》つ松《まつ》よ、よくわしのこの太刀《たち》の番をしていてくれた。おまえが人間であったら、ほうびに太刀をさげてやり、着物を着せてやるのだけれど」と、こういう意味の歌をうたってお喜びになりました。それからなおお歩きになって、ある村までいらっしゃいました。

命《みこと》は、そのとき、

「わたしの足はこんなに三重《みえ》に曲がってしまった。どうもひどく疲《つか》れて歩けない」とおっしゃいました。しかしそれでもむりにお歩きになって、能褒野《のぼの》という野へおつきになりました。

命《みこと》は、その野のなかでつくづくと、お家《うち》のことをお思いになり、

「あの青山《あおやま》にとりかこまれた、

美しい大和《やまと》が恋しい。

しかし、ああわしは、
その恋しい土地へも、
帰りつくことはできない。
命《いのち》あるものは、
これから凱旋《がいせん》して、
あの平群《へぐり》の山の、
隠樫《くまがし》の葉を、
髪《かみ》に飾《かざ》って祝《いわ》い楽しめよ」
という意味をおうたいになり、
「はしけやし、
わぎへの方《かた》よ、
雲いたち来《く》も」
（おおなつかしや、
わが家《や》のある、
はるかな大和《やまと》の方《かた》から、

雲が出てくるよ)

と、おうたいになりました。

そして、それといっしょにご病勢《びょうせい》もどっとご危篤《きとく》になってきました。

命《みこと》は、ついに、

「おとめの、
床《とこ》のべに、
わがおきし、
剣《つるぎ》の刀《たち》、
その太刀《たち》はや」

と、あの美夜受媛《みやずひめ》のお家《うち》においていらしった宝剣《ほうけん》も、とうとうふたたび手にとることもできないかとおうたいになり、そのお歌の終わるのとともに、この世をお去りになりました。

早馬《はやうま》のお使いは、このことを天皇に申しあげにかけつけました。

大和《やまと》からは、命《みこと》のお妃《きさき》やお子さまたちが、びっくりしてくだっておいでになりました。

そして、命のご陵《りょう》をお作りになって、そのぐるりの田の中に伏《ふ》しまろんで、おんおんおんおんと泣いていらっしゃいました。

するとおなくなりになった命《みこと》は、大きな白い鳥になって、お墓《はか》の中からお出ましになり、空へ高くかけのぼって、浜べのほうへ向かって飛んでおいでになりました。

お妃《きさき》やお子さまたちは、それをご覧《らん》になると、すぐに泣き泣きそのおあとを追いしたって、笹《ささ》の切り株《かぶ》にお足を傷つけて血だらけにおなりになっても、痛《いた》さも忘《わす》れて、いっしょうけんめいにかけておいでになりました。

そしてしまいには、海の中にまではいって、ざぶざぶと追っかけていらっしゃいました。

白い鳥はその人々をあとにおいて、海の中の磯《いそ》から磯につたわって飛んでゆきました。お妃《きさき》は潮《しお》の中を歩きなやみながら、おんおんお泣きになりました。

その鳥は、とうとう伊勢《いせ》から河内《かわち》の志紀《しき》というところへ来てとまりました。それで、そこへお墓《はか》を作って、いったんそこへお鎮《しず》め申しましたが、しかし鳥は、のちにまた飛び出して、どんどん空をかけて、どこへともなく逃《に》げ去ってしまいました。

五

命《みこと》にはお子さまが男のお子ばかり六人おいでになりました。そのなかの、帯中津日子《たらしなかつひこの》命《みこと》とおっしゃる方《かた》は、のちにお祖父上《そふうえ》の天皇のお次の成務天皇《せいむてんのう》のおあとをおつぎになりました。すなわち仲哀天皇《ちゅうあいてんのう》でいらっしゃいます。

命《みこと》が諸方《しょほう》を征伐《せいばつ》しておまわりになる間は、七拳脛《ななつかはぎ》というものが、いつもご料理番としてお供《とも》についていました。

御父上《おんちちうえ》の景行天皇《けいこうてんのう》は、御年《おんとし》百三十七でおかくれになりました。

赤い玉

一

神功皇后《じんぐうこうごう》のお母方《ははかた》のご先祖については、こういうお話が伝わっています。

それは、この時分《じぶん》からも、もっともっと昔、新羅《しらぎ》の国の阿具沼《あぐぬま》という沼《ぬま》のほとりで、ある日一人の女が昼寝《ひるね》をしておりました。すると、ふしぎなことには、日の光が虹《にじ》のようになって、さっと、その女のお腹《なか》へ射《さ》しました。

それをちょうど通りかかった一人の農夫が見て、変なこともあるものだと思いながら、それからは、いつもその女のそぶりに目をつけていますと、女はまもなくお腹《なか》が大きくなって、一つの赤い玉を生み落としました。農夫はその玉を女からもらって、ものにつつんで、いつも腰《こし》につけていました。

この農夫は谷間《たにま》に田を作っておりました。ある日農夫は、その田で働いている人たちの食べものを、牛に負《お》わせて運んでゆきますと、その谷間で、天日矛《あめのひほこ》という、この国の王子に出会いました。

王子は農夫が変なところへ牛をひいてゆくのを見て、

「これこれ、そちはどうしてその牛へ食べものなぞをのせてこんなところへはいってきたのだ。きっと人に隠《かく》れてその牛も殺して食おうというのであろう」と言いながら、いきなりその農夫をつかまえて牢屋《ろうや》へつれてゆこうとしました。農夫は、

「いえいえわたくしはけっしてこの牛を殺そうなどとするのではございません。ただこうして百姓《ひやくしよう》たちの食べものを運んでまいりますだけでございます」と、本当のままを話しました。それでも王子は、

「いやいや、うそだ」と言ってなかなかゆるしてくれないので、農夫は腰《こし》につけている例の赤い玉を出して、それを王子にあげて、やっとのことで放してもらいました。

王子はその玉をお家《うち》へ持って帰って、床《とこ》の間《ま》に置いておきました。するとその赤い玉が、ふいに一人の美しい娘《むすめ》になりました。王子はその娘を自分のお嫁《よめ》にもらいました。

そのお嫁《よめ》は、いつもいろいろのめずらしいお料理をこしらえて、王子に食べさせてい

ましたが、王子はだんだんにわがままを出して、しまいにはお嫁をひどくののしりとばすようになりました。

するとお嫁《よめ》のほうではとうとうたまりかねて、

「わたしはもうこれぎり親たちの国へ帰ってしまいます。もともとわたしは、あなたのような方《かた》のお嫁《よめ》になってばかにされるような女ではありません」と言いながら、その家《うち》をぬけ出して、小舟《こぶね》に乗って、はるばると摂津《せっつ》の難波津《なにわのつ》まで逃《に》げてきました。この女の人はのちに阿加流媛《あかるひめ》という神さまとしてその土地に祀《まつ》られました。

王子の天日矛《あめのひほこ》は、そのお嫁《よめ》のあとを追っかけて、とうとう難波《なにわ》の海まで出てきましたが、そこの海の神がさえぎってどうしても入れてくれないものですから、しかたなしにひきかえして、但馬《たじま》のほうへまわって、そこへ上陸しました。そして、しばらくそこにくらしているうちに、のちにはとうとうその土地の人をお嫁にもらって、そのままそこへいつくことにしました。

この天日矛《あめのひほこ》の七代めの孫にあたる高額媛《たかぬひめ》という人がお生み申したのが、すなわち神功《じんぐう》皇后《こうごう》のお母上《ははうえ》でいらっしゃいました。例の垂仁天皇《すいにんてんのう》のお言いつけによって、常世国《とこよのくに》へたちばなの実を取りに行ったあの多遅摩毛理《たじまもり》は、日矛《ひほこ》の五代めの孫の一人でした。

日矛《ひほこ》はこちらへ渡《わた》ってくるときに、りっぱな玉や鏡なぞの宝物《ほうもつ》を八品《やしな》持ってきました。その宝物は、伊豆志《いずし》の大神《おおかみ》という名前の神さまにして祀《まつ》られることになりました。

二

この宝物《ほうもつ》を祀《まつ》った神さまに、伊豆志《いずし》乙女《おとめ》という女神《めがみ》が生まれました。この女神を、いろんな神々たちがお嫁《よめ》にもらおうとなさいましたが、女神はいやがって、だれのところへもゆこうとはしませんでした。

その神たちのなかに、秋山《あきやま》の下氷男《したびおとこ》という神がいました。その神が弟の春山《はるやま》の霞男《かすみおとこ》という神に向かって、

「わたしはあの女神《めがみ》をお嫁《よめ》にしようと思っても、どうしても来てくれない。どうだ、おまえならもらってみせるか」と聞きました。

「わたしならわけなくもらってきます」と弟の神は言いました。

「ふふん、きっとか。よし。それではおまえがりっぱにあの女神《めがみ》をもらってみせたら、そのお祝《いわ》いに、わしの着物をやろう。それからわしの身の丈《たけ》ほどの大がめに酒を盛《も》って、

海山《うみやま》のめずらしいごちそうをそろえてよんでやろう。しかし、もしもらいそこねたら、あんな広言《こうげん》をはいた罰《ばつ》に、今わしがしてやろうと言ったとおりをわしにしてくれるか」と言いました。

弟の神は、おお、よろしい、それでは賭《か》けをしようと誓《ちか》いました。そして、お家《うち》へかえって、そのことをお母さまにお話ししますと、お母さまの女神《めがみ》は、ひと晩《ばん》のうちに、藤《ふじ》のつるで、着物からはかまから、くつからくつ下まで織ったりこしらえたりしたうえに、やはり同じ藤のつるで弓をこしらえてくれました。

弟の神はその着物やくつをすっかり身につけて、その弓矢を持って、例の女神《めがみ》のお家《うち》へ出かけてゆきました。すると、たちまち、その着物やくつや弓矢にまで、のこらず、一度にぱっと藤《ふじ》の花が咲きそろいました。

弟の神はその弓矢を便所のところへかけておきますと、女神《めがみ》はそれを見つけて、ふしぎに思いながら、取りはずして持ってゆきました。弟の神はすかさず、そのあとに付いて女神のへやにはいって、どうぞわたしのお嫁《よめ》になってくださいと言いました。そして、とうとうその女神をもらってしまいました。

二人の間には一人の子供まで出来ました。

弟の神は、それで兄の神に向かって、

「わたしはあのとおり、ちゃんと女神《めがみ》をもらいました。だから約束のとおり、あなたの着物をください。それからごちそうもどっさりしてください」と言いました。すると兄の神は、弟の神のことをたいそうねたんで、てんで着物もやらないし、ごちそうをもしませんでした。

弟の神は、そのことを母上の女神《めがみ》に言いつけました。すると女神は、兄の神をよんで、

「おまえはなぜそんなに人をだますのです。この世の中に住んでいるあいだは、すべてりっぱな神々のなさるとおりをしなければいけません。おまえのように、いやしい人間のまねをするものはそのままにしてはおかれない」と、ひどく怒《おこ》りつけました。それから、そこいらの河《かわ》の中の島にはえている竹を伐《き》ってきて、それで目のあらい荒籠《あらかご》を作り、その中へ、河の石に塩をふりかけて、それを竹の葉につつんだのを入れて、

「この兄の神のようなうそつきは、この竹の葉がしおれるようにしおれてしまえ。この塩が乾《ひ》るようにひからびてしまえ。そして、この石が沈《しず》むように沈み倒《たお》れてしまえ」とのろって、その籠《かご》をかまどの上に置いておかせました。

すると兄の神は、その祟《たた》りで、まる八年の間、ひからびしおれ、病《や》みつかれて、それ

はそれは苦しい目を見ました。それでとうとう弱りはてて泣く泣く母上の女神《めがみ》におわびをしました。

女神《めがみ》はそのときやっとのろいをといてやりました。そのおかげで兄の神は、またもとのとおりの丈夫《じょうぶ》なからだにかえりました。

宇治《うじ》の渡《わた》し

一

お小さな応仁天皇《おうじんてんのう》も、そのうちにすっかりご成人になって、大和《やまと》の明《あきら》の宮《みや》で、ご自身に政《まつりごと》をお聞きになりました。

あるとき、天皇は近江《おうみ》へご巡幸《じゅんこう》になりました。そのお途中で、山城《やましろ》の宇治野《うじの》にお立ちになって葛野《かどの》のほうをご覧《らん》になりますと、そちらには家々も多く見え、よい土地もどっさりあるのがお目にとまりました。

天皇はそのながめを歌におうたいになりながら、まもなく木幡《こばた》というところまでおいでになりますと、その村のお道筋《みちすじ》で、それはそれは美しい一人の少女にお出会いになりました。

天皇は、

「そちはだれの娘《むすめ》か」とおたずねになりました。

「わたくしは比布礼能意富美《ひふれのおおみ》と申しますものの子で、宮主矢河枝媛《みやぬしやかわえひめ》と申しますものでございます」と、その娘はお答え申しました。

すると、天皇は、

「では明日《あす》かえりにそちの家《うち》へ行くぞ」とおっしゃいました。

媛《ひめ》はお家《うち》へ帰って、すべてのことをくわしくお父さまに話しました。

お父さまの意富美《おおみ》は、

「それではそのお方《かた》は天子《てんし》さまだ。これはこれはもったいない。そちも十分気をつけて失礼のないようによくおもてなし申しあげよ」と言いきかせました。そしてさっそく家じゅうを、すみずみまですっかり飾《かざ》りつけて、ちゃんとお待ち申しておりました。

天皇はおおせのとおり、あくる日お立ちよりになりました。意富美《おおみ》らはおそれかしこみながら、ごちそうをはこんでおもてなしをしました。

天皇は矢河枝媛《やかわえひめ》が奉《たてまつ》るさかずきをお取りになって、

「この料理の蟹《かに》は、

越前敦賀《えちぜんつるが》の蟹《かに》が、
横ざまに這《は》って、
近江《おうみ》を越《こ》えてきたものか。
わしもその近江から来て、
木幡《こばた》の村でおまえに会った。
おまえの後ろ姿《すがた》は、
楯《たて》のようにすらりとしている。
おまえのきれいな歯並《はなみ》は、
椎《しい》の実のように白く光っている。
顔には丸邇坂《わにざか》の土を、
そこの土は、
上土《うわつち》は赤く、
底土《そこつち》は赤黒《あかぐろ》いけれど、
中土《なかつち》の、
ちょうど色のよいのを

眉墨《まゆずみ》にして、
色濃《こ》く眉《まゆ》をかいている。
おまえはほんとにきれいな子だ」

とこういう意味のお歌をうたっておほめになりました。

天皇は、この美しい矢河枝媛《やかわえひめ》を、のちにお妃《きさき》にお召《め》しになりました。このお妃から、宇治若郎子《うじのわかいらつこ》とおっしゃる皇子《おうじ》がお生まれになりました。

天皇には、すべてで、皇子《おうじ》が十一人、皇女《おうじょ》が十五人おありになりました。

そのなかで、天皇は、矢河枝媛《やかわえひめ》のお生み申した若郎子皇子《わかいらつこおうじ》を、いちばんかわいくおぼしめしていらっしゃいました。

あるとき天皇は、その若郎子皇子《わかいらつこおうじ》とはそれぞれお腹《はら》ちがいのお兄上《あにうえ》でいらっしゃる、大山守命《おおやまもりのみこと》と大雀命《おおさざきのみこと》のお二人をお召《め》しになって、

「おまえたちは、子供は兄と弟とどちらがかわいいものと思うか」とお聞きになりました。

大山守命《おおやまもりのみこと》は、

「それはだれでも兄のほうをかわいくおもいます」と、ぞうさなくお答えになりました。

しかしお年下の大雀命《おおさざきのみこと》は、お父上《ちちうえ》がこんなお問いをおかけになるのは、わしたち二人をおいて、弟の若郎子《わかいらつこ》にお位《くらい》をお譲《ゆず》りになりたいというおぼしめしに相違《そうい》ないと、ちゃんと、天皇のお心持ちをおさとりになりました。それでそのおぼしめしにそうように、「わたくしは弟のほうがかわいいだろうと思います。兄のほうは、もはや成人しておりますので、なんの心配もございませんが、弟となりますと、まだ子供でございますから、かわいそうでございます」とお答えになりました。

天皇は、

「それは雀《ささぎ》の言うとおりである。わしもそう思っている」とおおせになり、なお改めて、「ではこれから、そちたち二人と若郎子《わかいらつこ》と三人のうち、大山守《おおやまもり》は海と山とのことを司《つかさど》れ。雀《ささぎ》はわしを助けて、そのほかのすべての政《まつりごと》をとりおこなえよ。それから若郎子《わかいらつこ》には、のちにわしのあとをついで天皇の位《くらい》につかせることにしよう」と、こうおっしゃって、ちゃんと、お三人のお役わりをお定めおきになりました。

大山守命《おおやまもりのみこと》は、のちに、このお言いつけにお背《そむ》きになって、若郎子皇子《わかいらつこおうじ》を殺そうとさえなさいましたが、ひとり大雀命《おおさざきのみこと》だけは、しまいまで天皇のご命令のとおりにおつくしになりました。

二

天皇は日向《ひゅうが》の諸県君《もろあがたぎみ》というものの子に、髪長媛《かみながひめ》という、たいそうきりょうのよい娘《むすめ》があるとお聞きになりまして、それを御殿《ごてん》へお召《め》し使いになるおつもりで、はるばるとお召しのぼせになりました。

皇子《おうじ》の大雀命《おおさざきのみこと》は、その髪長媛《かみながひめ》が船で難波津《なにわのつ》へ着いたところをご覧《らん》になり、その美しいのに感心しておしまいになりました。それで武内宿禰《たけのうちのすくね》に向かって、

「こんど日向《ひゅうが》からお召《め》しよせになったあの髪長媛《かみながひめ》を、お父上にお願いして、わたしのお嫁《よめ》にもらってくれないか」とおたのみになりました。

宿禰《すくね》はかしこまって、すぐにそのことを天皇に申しあげました。

すると天皇は、まもなくお酒盛《さかもり》のお席へ大雀命《おおさざきのみこと》をお召しになりました。そして、美しい髪長媛《かみながひめ》にお酒をつぐ柏《かしわ》の葉をお持たせになって、そのまま命《みこと》におくだしになりました。

天皇はそれといっしょに、

「わしが、子どもたちをつれて、
野びるをつみに通り通りする、
あの道ばたのたちばなの木は、
上の枝々《えだえだ》は鳥に荒《あ》らされ、
下の枝々は人にむしられて、
中の枝にばかり花がさいている。
そのひそかな花の中に、
小さくかくれている実のような、
しとやかなこの乙女《おとめ》なら、
ちょうどおまえに似合《にあ》っている。
さあさあつれてゆけ」
という意味をお歌にうたってお祝《いわ》いになりました。
皇子《おうじ》はとうから評判にも聞いていた、このきれいな人を、天皇のおゆるしでお妃《きさき》におもらいになったお嬉《うれ》しさを、同じく歌におうたいになって、大喜びで御前《ごぜん》をおさがりになりました。

三

この天皇の御代《みよ》には、新羅《しらぎ》の国の人がどっさり渡《わた》ってきました。武内宿禰《たけのうちのすくね》はその人々を使って、方々《ほうぼう》に田へ水を取る池などを掘《ほ》りました。

それから百済《くだら》の国の王からは、牡馬《おうま》一頭《とう》、牝馬《めうま》一頭に阿知吉師《あちきし》というものをつけて献《けん》上《じょう》し、また刀や大きな鏡なぞをも献《けん》じました。

天皇は百済《くだら》の王に向かって、おまえのところに賢《かしこ》い人があるならばよこすようにとおおせつけになりました。王はそれでさっそく和邇吉師《わにきし》という学者をよこしてまいりました。

そのとき和邇《わに》は、十巻《かん》の論語《ろんご》という本と、千字文《せんじもん》という一巻の本とを持ってきて献上《けんじょう》しました。また、いろいろの職工《しょっこう》や、鍛冶屋《かじや》の卓素《たくそ》というものや、機織《はたおり》の西素《さいそ》というものや、そのほか、酒を造《つく》ることのじょうずな仁番《にほ》というものもいっしょに渡ってきました。

天皇はその仁番《にほ》、またの名、須須許理《すずこり》のこしらえたお酒を召《め》しあがりました。そして、

「ああ酔《よ》った、須須許理《すずこり》がかもした酒に心持ちよく酔った。おもしろく酔った」

という意味の歌をおうたいになりながら、お宮《みや》の外へお出ましになって、河内《かわち》のほうへ行く道の真ん中にあった大きな石を、お杖《つえ》をあげてお打ちになりますと、その石がびっくりして飛びのきました。

四

天皇はのちにとうとう御年《おんとし》百三十でおかくれになりました。

それで大雀命《おおさざきのみこと》は、かねておおせつかっていらっしゃるとおり、若郎子《わかいらつこ》をお位《くらい》におつけしようとなさいました。

ところがお兄上《あにうえ》の大山守命《おおやまもりのみこと》は、天皇のおおせのこしに反《そむ》いて、若郎子《わかいらつこ》を殺して自分で天下を取ろうとおかかりになり、ひそかに兵を集めにおかかりになりました。

大雀命《おおさざきのみこと》は、そのことを早くもお聞きつけになったので、すぐに使いを出して、若《わか》郎子《いらつこ》にお知らせになりました。

若郎子《わかいらつこ》はそれを聞くとびっくりなすって、大急ぎでいろいろの手はずをなさいました。

皇子《おうじ》はまず第一に、宇治川《うじかわ》のほとりへ、こっそりと兵をしのばせておおきになりました。それから、宇治《うじ》の山の上に絹《きぬ》の幕《まく》を張り、とばりを立てまわして、一人のご家来《けらい》を、りっぱな皇子のようにしたてて、その姿《すがた》が山の下からよく見えるように、とばりの一方を開けて、その中のいすにかけさせておおきになりました。そして、そこへいろいろの家来たちを、うやうやしく出たりはいったりおさせになりました。

ですから、遠くから見ると、だれの目にも、そこには若郎子《わかいらつこ》ご自身がお出向きになっているように見えました。

皇子《おうじ》はそれといっしょに、大山守命《おおやまもりのみこと》が下の川をおわたりになるときに、うまくお乗せするように、船をわざとたった一そうおそなえつけになり、その船の中のすのこには、さなかつらというつる草をついてべとべとの汁《しる》にしたものを一面に塗《ぬ》りつけて、人が足を踏《ふ》みこむとたちまち滑《すべ》りころぶようなしかけをさせておおきになりました。

そしてご自分自身は、粗末《そまつ》な布《ぬの》の着物を召《め》し、いやしい船頭《せんどう》のようにじょうずにお姿《すがた》をおかえになって、かじを握《にぎ》って、その船の中に待ちうけておいでになりました。

すると大山守命《おおやまもりのみこと》は、おひきつれになった兵士を、こっそりそこいらへ隠《かく》れさせておおきになり、ご自分は、よろいの上へ、さりげなく、ただのお召《め》しものを召して、お一人で川の岸へ出ておいでになりました。

するとそちらの山の上にりっぱな絹《きぬ》のとばりなどが張りつらねてあるのがすぐにお目にとまりました。

命《みこと》はそのとばりの中にいかめしくいすにかけている人を、若郎子《わかいらつこ》だと思いこんでおしまいになりました。それでさっそく船にお乗りになって、向こうへおわたりになりかけました。

命《みこと》は船頭《せんどう》に向かって、

「おい、あすこの山に大きな手負《てお》い猪《じし》がいるという話だが、ひとつその猪《しし》を捕《と》りたいものだね。どうだ、おまえ捕ってくれぬか」とお言いになりました。

船頭の皇子《おうじ》は、

「いえ、それはとてもだめでございます」とお答えになりました。

「なぜだめだ」

「あの猪《しし》は、これまでいろんな人が捕《と》ろうとしましたが、どうしても捕れません。ですから、いくらあなたが欲しいとおぼしめしても、とてもだめでございます」

こうお答えになるうちに、船はもはやちょうど川の真ん中あたりへ来ました。すると皇子《おうじ》はいきなり、そこでどしんと船を傾《かたむ》けて、命《みこと》をざんぶと川の中へ落としこんでおしまいになりました。

命《みこと》はまもなく水の上へ浮《う》き出て、顔だけ出して流され流されなさりながら、

「ああわしは押し流される。

だれかすばやく船を出して、

助けに来てくれよ」

という意味をおうたいになりました。

するとそれといっしょに、さきに若郎子《わかいらつこ》が隠《かく》しておおきになった兵たちが、わあッと一度に、そちこちからかけだしてきて、命《みこと》を岸へ取りつかせないように、みんなで矢をつがえ構《かま》えて、追い流し追い流ししました。

ですから命《みこと》はどうすることもおできにならないで、そのまま訶和羅前《かわらのさき》というところまで流れていらしって、とうとうそこでおぼれ死《じ》にに死んでおしまいになりました。

若郎子《わかいらつこ》の兵士たちは、ぶくぶくと沈《しず》んだ命《みこと》のお死骸《しがい》を、鉤《かぎ》で探《さぐ》りあてて引きあげました。

若郎子《わかいらつこ》はそれをご覧《らん》になりながら、

「わしは伏《ふ》せ勢《ぜい》の兵たちに、もう矢を射放《いはな》させようか、もう射殺《いころ》させようかと、いくども思い思いしたけれど、ひとつにはお父上のことを思いかえし、つぎには妹たちのことをも思い出して、同じお一人のお父上の子、同じあの妹たちの兄でありながら、それをむざむざ殺すのはいたわしいので、とうとう矢一本射放すこともできないでしまった」

という意味をおうたいになり、そのまま大和《やまと》へおひきあげになりました。

そして、お兄上のお死骸《しがい》を奈良《なら》の山にお葬《ほうむ》りになりました。

五

大雀命《おおさざきのみこと》は、それでいよいよお父上のおおせのとおりに、若郎子皇子《わかいらつこおうじ》にお位《くらい》におつきになるようにおすすめになりました。

しかし皇子《おうじ》は、お父上のおあとはお兄《あに》さまがおつぎになるのが本当です。お兄《あに》さまをさしおいてお位《くらい》にのぼるなぞということは、わたくしにはとてもできません。どうぞおゆるしくださいとおっしゃって、どこまでもお兄上の命《みこと》のお顔をお立てになろうとなさいました。

しかし命《みこと》は命で、いかなることがあってもお父上のお言いつけに反《そむ》くことはできないとお言いとおしになり、長い間、お二人でお互《たが》いに譲《ゆず》り合っていらっしゃいました。

そのときある海人《あま》が、天皇へ献上《けんじょう》するものを持ってのぼってきました。

その海人《あま》が、大雀命《おおさざきのみこと》のところへうかがいますと、命《みこと》は、それは若郎子皇子《わかいらつこおうじ》に奉《たてまつ》れ、あの方《かた》が天皇でいらっしゃるとおっしゃって、お受けつけになりませんし、それではと言って皇子《おうじ》のほうへうかがえば、それはお兄上のほうへ献《けん》ぜよとおおせになりました。

海人《あま》はあっちへ行ったり、こっちへ来たり、それが二度や三度ではなかったので、とうとう行ったり来たりにくたびれて、しまいにはおんおん泣きだしてしまいました。そのために、「海人《あま》ではないが、自分のものをもてあまして泣く」ということわざさえ出来ました。

お二人はそれほどまでになすって、ごめいめいにお義理《ぎり》をつくしていらっしゃいましたが、そのうちに、若郎子皇子《わかいらつこおうじ》がふいにお若死《わかじ》にをなすったので、大雀命《おおさざきのみこと》もやむをえず、ついにお位《くらい》におつきになりました。のちの代《よ》から仁徳天皇《にんとくてんのう》とおよび申すのがすなわちこの天皇でいらっしゃいます。

難波《なにわ》のお宮《みや》

一

仁徳天皇《にんとくてんのう》はお位《くらい》におのぼりになりますと、難波《なにわ》の高津《たかつ》の宮《みや》を皇居にお定めになり、葛城《かつらぎ》の曾都彦《そつひこ》という人の娘《むすめ》の岩野媛《いわのひめ》という方《かた》を改めて皇后《こうごう》にお立てになりました。

天皇がまだ皇子《おうじ》大雀命《おおさざぎのみこと》でいらっしゃるとき、ある年、摂津《せっつ》の日女島《ひめじま》という島へおいでになって、そこでお酒盛《さかもり》をなすったことがありました。すると、たまたまその島に雁《がん》が卵《たまご》を産んでおりました。皇子は、日本《にほん》で雁が卵を産んだということは、これまで一度もお聞きになったことがないものですから、たいそうふしぎにおぼしめして、あとで武内宿禰《たけのうちのすくね》を召《め》して、

「そちは世の中にまれな、長命《ちょうめい》の人であるが、いったい日本で雁《がん》が卵《たまご》を産んだという話

を聞いたことがあるか」と、こういう意味を歌にうたっておたずねになりました。

宿禰《すくね》は、

「なるほど、それはごもっとものおたずねでございます。わたくしもこれほど長生きをいたしておりますが、今日《こんにち》まで、かつてそういう例《ためし》を聞きましたことがございません」と、同じように歌にうたって、こうお答え申しあげたのち、おそばにあったお琴《こと》をお借り申して、

「これはきっと、あなたさまがついには天下をお治めになるというめでたい先ぶれに相《そう》違《い》ございません」と、こういう意味の歌を、お琴《こと》をひいてうたいました。皇子《おうじ》はそのとおり、十五人もいらしったご兄弟のなかから、しまいにお父上《ちちうえ》の天皇のおあとをお継《つ》ぎになりました。

ご即位《そくい》になったのち、天皇は、あるとき、高い山におのぼりになって四方の村々をお見しらべになりました。そしてうちしおれておおせになりました。

「見わたすところ、どの村々もただひっそりして、家々からちっとも煙《けむり》があがっていない。これではいたるところ、人民たちが炊《た》いて食べるものがないほど貧窮《ひんきゅう》しているらしい。どうかこれから三年の間は、下々《しもじも》からいっさい租税《そぜい》をとるな。またすべての働きに

使うのをゆるしてやれ」とおおせになりました。

それでそのまる三年の間というものは、宮中《きゅうちゅう》へはどこからも何一つお納《おさ》めものをしないので、天皇もそれはそれはひどいご不自由をなさいました。たとえばお宮《みや》が破《やぶ》れこわれても、お手もとにはそれをおつくろいになるご費用もおありになりませんでした。しかし天皇はそれでも寸分《すんぶん》もお厭《いと》いにならないで、雨がひどく降るたんびには、お部屋の中へ桶《おけ》を引きいれて、ざあざあと漏《も》り入《い》る雨《あま》もれをお受けになり、ご自分自身はしずくのおちないところをお見つけになって、御座所《ござしょ》を移し移ししておしのぎになりました。

それから三年ののちに、ふたたび山にのぼってご覧《らん》になりますと、こんどは先《せん》とはすっかりうって変わって、お目の及《およ》ぶかぎり、どの村々にも煙《けむり》がいっぱい、勢《いきお》いよく立ちのぼっておりました。天皇はそれをご覧になって、みなのものも、もうすっかりゆたかになったとおっしゃって、ようやくご安神《あんしん》なさいました。そして、そこではじめて租税《そぜい》や夫役《ぶやく》をおおせつけになりました。

すると人民は、もう十分にたくわえも出来ていましたので、お納《おさ》めものをするにも、使い働きにあがるのにも、それこそ楽々とご用をうけたまわることができました。

天皇は下々《しもじも》に対して、これほどまでに思いやりのお深い方《かた》でいらっしゃいました。ですからのちの代《よ》からも永《なが》くお慕《した》い申しあげてそのご一代《いちだい》を聖帝《せいてい》の御世《みよ》とおよび申しております。

二

この天皇の皇后《こうごう》でいらしった岩野媛《いわのひめ》は、それはそれは、たいへんにご嫉妬《しっと》のはげしいお方で、ちょっとのことにも、じきに足ずりをして、火がついたようにおさわぎたてになりました。それですから、宮中《きゅうちゅう》に召《め》し使われている婦人たちは、天皇のお部屋なぞへは、うっかりはいることもできませんでした。

あるとき天皇はそのころ吉備《きび》といっていた、今の備前《びぜん》、備中《びっちゅう》地方の、黒崎《くろさき》というところに、海部直《あまのあたえ》というものの子で、黒媛《くろひめ》というたいそうきりょうのよい娘《むすめ》がいるとお聞きになり、すぐに召《め》しのぼせて宮中《きゅうちゅう》でお召し使いになりました。

ところが皇后《こうごう》が事々《ことごと》につけて、あまりにねたみおいじめになるものですから、黒媛《くろひめ》はたまりかねて、とうとうお宮《みや》を逃《に》げ出してお家《うち》へ帰ってしまいました。

そのとき天皇は、高殿《たかどの》にお上がりになって、その黒媛《くろひめ》の乗っている船が、難波《なにわ》の港を

出てゆくのをご覧《らん》になりながら、

「かわいそうに、あすこに黒媛《くろひめ》がかえってゆく。

あの沖《おき》に、たくさんの小舟《こぶね》にまじって、
あの女が出て行くよ」

と、こういう意味のお歌をおうたいになりました。

するとと皇后《こうごう》は、そのことをお聞きになって、ひどく怒《おこ》っておしまいになり、すぐに人をやって、黒媛《くろひめ》をむりやりに船からひきおろさせて、はるかな吉備《きび》の国まで、わざと歩いておかえしになりました。

天皇はそののちも、黒媛《くろひめ》のことをしじゅう哀《あわ》れに思い思いお暮らしになっていました。そんなわけで、天皇はついにある日、淡路島《あわじしま》を見にゆくとおっしゃって皇后のお手前をおつくろいになり、いったんその島へいらしったうえ、そこから、黒媛《くろひめ》をたずねて、こっそりと吉備《きび》までおくだりになりました。

黒媛《くろひめ》は天皇を山方《やまかた》というところへおつれ申しました。そして、召《め》しあがりものにあつものをこしらえてさしあげようと思いまして、青菜《あおな》をつみに出ました。すると天皇もいっしょに出てご覧《らん》になり、たいそうお興《きよう》深くおぼしめして、そのお心持ちをお歌におうたいになりました。

天皇がいよいよお立ちになるときには、黒媛《くろひめ》もお別れの歌をうたいました。媛《ひめ》は天皇がわざわざそんなになすって、隠《かく》れ隠れてまでおたずねくだすったもったいなさを、一生お忘《わす》れ申すことができませんでした。

三

皇后《こうごう》はそののち、ある宴会《えんかい》をおもよおしになるについて、そのお酒をおつぎになる御《み》綱柏《つながしわ》という柏《かしわ》の葉を取りに、わざわざ紀伊《きい》の国までお出かけになったことがありました。

そのおるすの間、天皇のおそばには八田若郎女《やたのわかいらつめ》という女官《じょかん》がお仕え申しておりました。

皇后はまもなく御綱柏《みつながしわ》の葉をお船につんで、難波《なにわ》へ向かって帰っていらっしゃいました。そのお途中で、お供《とも》のなかのある女たちの乗っている船が、皇后のお船におくれて行き行きするうちに、難波の大渡《おおわたり》という海まで来ますと、向こうから一そうの船が来かかりました。その中には、高津《たかつ》のお宮《みや》のお飲み水を取る役所で働いていた、吉備《きび》の生まれの、ある身分の低い仕丁《よぼろ》で、おいとまをいただいてお家《うち》へかえるのが、乗り合わせて

おりました。そのものが船のすれちがいに、

「天皇さまは、このごろ八田若郎女《やたのわかいらつめ》がすっかりお気に入りで、それはそれはたいそうご寵愛《ちょうあい》になっているよ」としゃべってゆきました。それを聞いた女どもは、わざわざ大急ぎで皇后のお船に追いついて、そのことを皇后のお耳に入れました。

そうすると、例のご気性《きしょう》の皇后は、たちまちじりじりなすって、せっかくそこまで持っておかえりになった御綱柏《みつながしわ》の葉を、すっかり海へ投げすてておしまいになりました。それからまもなく船はこちらへ帰りつきましたが、皇后は若郎女《わかいらつめ》のことをお考えになればなるほどお悔《くや》しくて、そのお腹立《はらだ》ちまぎれに、港へはおつけにならないで、ずんずんお船を堀江《ほりえ》へお入れになり、そこから淀河《よどがわ》をのぼって山城《やましろ》まで行っておしまいになりました。

そのとき皇后は、

「わたしはあんまり憎《にく》らしくてたまらないので、こんなにあてもなく山城《やましろ》の川をのぼってきたものの、思えばやっぱり天皇のおそばがなつかしい。今この目の前の川べりには、烏葉樹《さしぶのき》が生《は》えている。その木の下には、繁《しげ》った、広葉《ひろは》の椿《つばき》がてかてかと真っ赤に咲いている。ああ、あの花のように輝《かがや》きに充《み》ち、あの広葉のようにお心広く、おやさしくいら

っしゃる天皇を、どうしてわたしはおしたわしく思わないでいられよう」とこういう意味のお歌をおうたいになりました。

しかしそれかといってこのまま急にお宮《みや》へお帰りになるのも少しいまいましくおぼしめすので、とうとう船からお上がりになって、それなり大和《やまと》のほうへおまわりになりました。

そのときにも皇后は、

「わたしはとうとう山城川《やましろがわ》をのぼり、奈良《なら》や小楯《おだて》をも通りすぎて、こんなにあちこちさまよってはいるけれど、それもどこをひとつ見たいのでもない。見たいのは高津《たかつ》のお宮《みや》よりほかにはなんにもない」という意味をおうたいになりました。

それからまた山城《やましろ》へひきかえして、筒木《つつき》というところへおいでになり、そこに住まっている朝鮮《ちょうせん》の帰化人《きかじん》の奴里能美《ぬりのみ》というもののお家《うち》へおとどまりになりました。

天皇はすべてのことをお聞きになりますと、鳥山《とりやま》という舎人《とねり》に向かって、

「おまえ早く行って会ってこい」という意味をお歌でおっしゃって、皇后のところへおつかわしになりました。そのつぎには、丸邇臣口子《わにのおみくちこ》というものをお召《め》しになって、

「皇后はあんなにいつまでもすねて、お宮《みや》へもかえってこないけれど、しかし心の中で

はわしのことを思っているに相違《そうい》ない。二人の間であるものを、そんなに意地《いじ》を張らないでもよいであろうに」という意味を、二つのお歌におうたいになって、また改めて口《くち》子《こ》をお迎いにおやりになりました。

お使いの口子《くちこ》は、奴里能美《ぬりのみ》のお家《うち》へ着きますと、天皇のそのお歌を片時《かたとき》も早く皇后に申しあげようと思いまして、御座所《ござしょ》のお庭先へうかがいました。

そのときにはちょうどひどい大雨がざあざあ降っておりました。口子《くちこ》はその雨のなかをもいとわず、皇后のお部屋の前の地《じ》びたへ平伏《へいふく》しますと、皇后は、つんとして、いきなり後ろの戸口のほうへ立って行っておしまいになりました。口子はおそるおそるそちらがわへまわって平伏しました。そうすると皇后はまたついと前のほうの戸口へ来ておしまいになりました。口子はあっちへ行ったりこっちへ来たりして土の上にひざまずいているうちに、雨はいよいよどしゃぶりに降りつのって、そのたまり水が腰《こし》まで浸《ひた》すほどになりました。口子は赤いひものついた、藍染《あいぞ》めの上着《うわぎ》を着ておりましたが、そのひもがびしょびしょになって赤い色がすっかり流れ出したので、しまいには青い着物も真っ赤に染まってしまいました。

そのとき皇后のおそばには、口子《くちこ》の妹の口媛《くちひめ》というものがお仕え申しておりました。

口媛はお兄《にい》さまのそのありさまを見て、

「まあ、おかわいそうに、あんなにまでしておものを申しあげようとしているのに、見ているわたしには涙《なみだ》がこぼれてくる」

という意味を歌にうたいました。

皇后はそれをお聞きになって、

「兄とはだれのことか」とおたずねになりました。

「さっきから、あすこに、水の中にひれ伏《ふ》しておりますのがわたくしの兄の口子《くちこ》でございます」と、口媛《くちひめ》は涙《なみだ》をおさえてお答え申しました。

口子《くちこ》はそのあとで、口媛《くちひめ》と奴里能美《ぬりのみ》の二人に相談して、これはどうしても天皇にこちらへいらしっていただくよりほかには手だてがあるまいと、こう話を決めました。それで口子は急いでお宮《みや》へかえって申しあげました。

「まいりまして、すっかりわけをお聞き申しますと、皇后さまがあちらへお出向きになりましたのは、奴里能美《ぬりのみ》の家《うち》にめずらしい虫を飼っておりますので、ただそれをご覧《らん》になるためにお出かけになりましたのでございます。そのほかにはけっしてなんのわけもおありにはなりません。その虫と申しますのは、はじめは這《は》う虫でいますのが、つぎには卵《たまご》になり、またそのつぎには飛ぶ虫になりまして、順々に三度姿《すがた》をかえる、奇態《きたい》な虫だそうでございます」と、口子《くちこ》は、子供でも心得《こころえ》ている蚕《かいこ》のことを、わざとめずらしそうに、じょうずにこう申しあげました。

するど天皇は、

「そうか、そんなおもしろい虫がいるなら、わしも見に行こう」とおっしゃって、すぐにお宮《みや》をお出ましになり、奴里能美《ぬりのみ》のお家《うち》へ行幸《ぎょうこう》になりました。

奴里能美《ぬりのみ》は、口子《くちこ》が申しあげたとおりの三《み》とおりの虫を、前もって皇后に献上《けんじょう》しておきました。

天皇は皇后のお部屋の戸の前にお立ちになって、

「そなたがいつまでも怒《おこ》ったりしているので、とうとうみんながここまで出てこなければならなくなった。もうたいていにしてお帰りなさい」とおうたいになり、まもなくおともどもに難波《なにわ》のお宮《みや》へご還幸《かんこう》になりました。

天皇はそれといっしょに、八田若郎女《やたのわかいらつめ》においとまをおつかわしになりました。しかしその代わりには、郎女《いらつめ》の名前をいつまでも伝えのこすために、八田部《やたべ》という部族をおこしらえになりました。

四

それからあるとき天皇は、女鳥王《めとりのみこ》という、あるお血筋《ちすじ》の近い方《かた》を宮中《きゆうちゆう》にお召《め》しかかえになろうとして、弟さまの速総別王《はやぶさわけのみこ》をお使いにお立てになりました。

王《みこ》はさっそくいらしって、そのおぼしめしをお伝えになりますと、女鳥王《めとりのみこ》はかぶりをふって、

「いえいえ、わたくしは宮中《きゆうちゆう》へはお仕え申したくございません。皇后《こうごう》さまがあんなにご嫉妬深《しつとぶか》くいらっしゃるので、八田若郎女《やたのわかいらつめ》だってご奉公《ほうこう》ができないでさがってしまいましたではございませんか。それよりも、こんなわたくしでございますが、どうぞあなたのお嫁《よめ》にしてくださいまし」とおたのみになりました。

それで王《みこ》はその女鳥王《めとりのみこ》をお嫁《よめ》になさいました。そして天皇に対しては、いつまでもご返事を申しあげないままでいらっしゃいました。

すると天皇は、しまいにご自分で女鳥王《めとりのみこ》のお家《うち》へお出かけになり、戸口のしきいの上にお立ちになってのぞいてご覧《らん》になりますと、王《みこ》はちょうど中でお機《はた》を織っていらっし

ゃいました。

天皇は、

「それはだれの着物を織っているのか」と、お歌にうたってお聞きになりました。すると女鳥王《めとりのみこ》もやはりお歌で、

「これは速総別王《はやぶさわけのみこ》にお着せ申しますのでございます」とお答えになりました。

天皇はそれをお聞きになって、二人のことをすっかりおさとりになり、そのままお宮《みや》へおかえりになりました。

女鳥王《めとりのみこ》はそのあとで、まもなく速総別王《はやぶさわけのみこ》が出ていらっしゃいますと、

「もし、あなたさまよ。ひばりでさえもどんどん大空へかけあがるではございませんか。あなたはお名前も鷹《たか》のなかのはやぶさと同じでいらっしゃるのに、さあ早く鷦鷯《ささぎ》をとり殺しておしまいなさい」とこういう意味をおうたいになりました。それはいうまでもなく、天皇のお名が大雀命《おおささぎのみこと》なので、それを鷦鷯《ささぎ》にかよわせて、いっときも早く天皇をお殺し申してご自分でお位《くらい》におつきになるようにと、おそろしい入れぢえをなすったのでした。

そうすると、そのお歌のことが、いつのまにか天皇のお耳にはいりました。天皇はす

ぐに兵を集めて、速総別王《はやぶさわけのみこ》を殺しにおつかわしになりました。

速総別王《はやぶさわけのみこ》はそれと感づくと、びっくりして、女鳥王《めとりのみこ》といっしょにすばやく大和《やまと》へ逃《に》げ出しておしまいになりました。そのお途中、倉橋山《くらはしやま》という険《けわ》しい山をお越《こ》えになるときに、かよわい女鳥王《めとりのみこ》はたいそうご難渋《なんじゅう》をなすって、夫の王《みこ》のお手にすがりすがりして、やっと上までお上がりになりました。

お二人はそこからさらに同じ大和《やまと》の曾爾《そに》というところまでいらっしゃいますと、天皇の兵がそこまで追いついて、お二人を刺《さ》し殺してしまいました。

そのとき軍勢《ぐんぜい》をひきいてきたのは山辺大楯連《やまべのおおだてのむらじ》というつわものでした。連《むらじ》は女鳥王《めとりのみこ》のお死骸《しがい》のお手首に、りっぱなお腕飾《うでかざ》りがついているのを見て、さっそくそれをはぎとって、自分の家内《かない》に持ってかえってやりました。

そのうちに宮中《きゅうちゅう》にあるご宴会《えんかい》があって、臣下のものの妻女《さいじょ》たちが、おおぜいお召《め》しにあずかりました。すると大楯連《おおだてのむらじ》の妻《つま》は、女鳥王《めとりのみこ》のお腕飾《うでかざ》りを得意らしく手首に飾って出てまいりました。

皇后はそれらの女たちへ、お手ずから、お酒を盛《も》る柏《かしわ》の葉をおくだしになりました。みんなは代わるがわる御前《ごぜん》へ出て、それをいただいてさがりました。

皇后はそのときに、ふと、連《むらじ》の妻《つま》の腕飾《うでかざ》りにお目がとまりました。するとそれはかねてお見《み》覚《おぼ》えのある女鳥王《めとりのみこ》のお持ち物でしたので、皇后はにわかにお顔色をおかえになり、この女にばかりは柏《かしわ》の葉もおくだしにならないで、そのまますぐにご宴席《えんせき》から追い出しておしまいになりました。そしてさっそく夫の連《むらじ》をおよびつけになって、

「そちは人の腕飾《うでかざ》りをぬすんできて家内《かない》にやったろう。あの速総別《はやぶさわけ》と女鳥《めとり》の二人は、天皇に対しておそろしい大罪《だいざい》を犯《おか》そうとしたのだから、かれたちが殺されたのはもとよりあたりまえである。しかしそちなぞからいえば、二人とも目上の王《みこ》たちではないか。その人が身につけているものを、死んでまだ膚《はだ》のあたたかいうちにはぎとって、それをおのれの妻に与《あた》えるなぞと、まあ、よくもそんなひどいことができたね」とおっしゃって、それをぐんぐんおいじめつけになったうえ、容赦《ようしゃ》なくすぐ死刑《しけい》におこなわせておしまいになりました。

五

この天皇の御代《みよ》に、兎寸《とさ》河《がわ》という河《かわ》の西に、大きな大きな大木が一本立っており

ました。いつも朝日がさすたんびに、その木の影《かげ》が淡路《あわじ》の島までとどき、夕日があたると、河内《かわち》の高安山《たかやすやま》よりももっと上まで影がさしました。

土地のものはその木を切って船をこしらえました。するとそれはそれはたいそうはやく走れる船が出来ました。みんなはその船に「枯野《からぬ》」という名前をつけました。そして朝晩《あさばん》それに乗って、淡路島《あわじしま》にわき出るきれいな水をくんできては、それを宮中《きゅうちゅう》のお召《め》し料《りょう》にさしあげておりました。

のちにみんなは、その船が古びこわれたのを燃《も》やして塩を焼《や》き、その焼け残った木で琴《こと》を作りました。その琴をひきますと、音が遠く七つの村々まで響《ひび》いたということです。

天皇はついに御年《おんとし》八十三でおかくれになりました。

大鈴小鈴《おおすずこすず》

一

仁徳天皇《にんとくてんのう》には皇子《おうじ》が五人、皇女《おうじょ》が一人おありになりました。その中で伊邪本別《いざほわけ》、水歯別《みずはわけ》、若子宿禰《わくごのすくね》のお三方《さんかた》がつぎつぎに天皇のお位《くらい》におのぼりになりました。いちばんのお兄上《あにうえ》の伊邪本別皇子《いざほわけのおうじ》は、お父上《ちちうえ》のじきおあとをおつぎになって、同じ難波《なにわ》のお宮《みや》で、履仲天皇《りちゆうてんのう》としてお位におつきになりました。

そのご即位《そくい》のお祝《いわ》いのときに、天皇はお酒をどっさり召《め》しあがって、ひどくお酔《よ》いになったままおやすみになりました。

すると、じき下の弟さまの中津王《なかつのみこ》が、それを機《しお》に天皇をお殺し申してお位を取ろうとおぼしめして、いきなりお宮《みや》へ火をおつけになりました。火の手はたちまちぼうぼうと四方へもえひろがりました。お宮じゅうのものはふいをくって大あわてにあわてさわぎました。

天皇は、それでもまだ前後もなくお寝《よ》っていらっしゃいました。それを阿知直《あちのあたえ》というものが、すばやくお抱《かか》え出し申しあげ、むりやりに馬にお乗せ申して、大和《やまと》へ向かって逃《に》げ出してゆきました。

お酔《よ》いつぶれになっていた天皇は、河内《かわち》の多遅比野《たじひの》というところまでいらしったとき、やっとお馬の上でお目ざめになり、

「ここはどこか」とおたずねになりました。阿知直《あちのあたえ》は、

「中津王《なかつのみこ》がお宮《みや》へ火をお放《はな》ちになりましたので、ひとまず大和《やまと》のほうへお供《とも》をしてまいりますところでございます」とお答え申しました。

天皇はそれをお聞きになって、はじめてびっくりなさり、

「ああ、こんな多遅比《たじひ》の野のなかに寝《ね》るのだとわかっていたら、夜風《よかぜ》を防ぐ建菰《たてごも》なりと持ってこようものを」

と、こういう意味のお歌をおうたいになりました。

それから埴生坂《はにゅうざか》という坂までおいでになりまして、そこから、はるかに難波《なにわ》のほうを

ふりかえってご覧《らん》になりますと、お宮《みや》の火はまだ炎々《えんえん》と真っ赤に燃《も》え立っておりました。天皇は、

「ああ、あんなに多くの家が燃《も》えている。わが妃《きさき》のいるお宮《みや》も、あの中に焼《や》けているのか」という意味をおうたいになりました。

それから同じ河内《かわち》の大坂《おおさか》という山の下へおつきになりますと、向こうから一人の女が通りかかりました。その女に道をおたずねになりますと、女は、

「この山の上には、戦道具《いくさどうぐ》を持った人たちがおおぜいで道をふさいでおります。大和《やまと》のほうへおいでになりますのなら、当麻道《たじまじ》からおまわりになりましたほうがよろしゅうございましょう」と申しあげました。

天皇はその女のいうとおりになすって、ごぶじに大和《やまと》へおはいりになり、石上《いそのかみ》の神宮《じんぐう》へお着きになって、仮《かり》にそこへおとどまりになりました。

すると、二番めの弟さまの水歯別王《みずはわけのみこ》が、その神宮《じんぐう》へおうかがいになって、天皇におめみえをしようとなさいました。天皇はおそばのものをもって、

「そちもきっと中津王《なかつのみこ》と腹《はら》を合わせているのであろう。目通《めどお》りはゆるされない」とおおせになりました。王《みこ》は、

「いえいえ、わたくしはそんなまちがった心は持っておりません。けっして中津王《なかつのみこ》などと同腹《どうふく》ではございません」とお言いになりました。天皇は、

「それならば、これから難波《なにわ》へかえって、中津王《なかつのみこ》を討《う》ち取ってまいれ。そのうえで対面しよう」とおっしゃいました。

二

水歯別王《みずはわけのみこ》は、大急ぎでこちらへおかえりになりました。そして中津王《なかつのみこ》のおそばに仕えている、曾婆加里《そばかり》というつわものをお召《め》しになって、

「もしそちがわしのいうことを聞いてくれるなら、わしはまもなく天皇になって、そちを大臣にひきあげてやる。どうだ、そうして二人で天下を治めようではないか」とじょうずにおだましかけになりました。すると曾婆加里《そばかり》は大喜びで、

「あなたのおおせなら、どんなことでもいたします」

と申しあげました。皇子《おうじ》は、その曾婆加里《そばかり》にさまざまのお品物をおくだしになったうえ、

「それでは、そちが仕えているあの中津王《なかつのみこ》を殺してまいれ」とお言いつけになりました。

曾婆加里《そばかり》は、

「かしこまりました」と、ぞうさもなくお引き受けして飛んでかえり、王《みこ》が厠《かわや》におはいりになろうとするところを待ちうけて、ひと刺《さ》しに刺し殺してしまいました。

水歯別王《みずはわけのみこ》は、曾婆加里《そばかり》とごいっしょに、すぐに大和《やまと》へ向かってお立ちになりました。

そのお途中、例の大坂《おおさか》の山の下までおいでになったとき、王《みこ》はつくづくお考えになりました。

「この曾婆加里《そばかり》めは、わしのためには大きな手柄《てがら》を立てたやつではあるが、かれ一人からいえば、主人を殺した大悪人《だいあくにん》である。こんなやつをこのままおくと、さきざきどんなおそろしいことをしだすかわからない。今のうちに手早くかたづけてしまってやろう。しかし、手柄だけはどこまでもほめておいてやらないと、これからのち人がわしを信じてくれなくなる」

こうお思いになって、急にその手だてをお考えさだめになりました。それで曾婆加里《そばかり》に向かって、

「今晩《こんばん》はこの村へとまることにしよう、そしてそちに大臣の位《くらい》をさずけたうえ、明日《あす》あ

ちらへおうかがいをしよう」とおっしゃって、にわかにそこへ仮《かり》のお宮《みや》をおつくりになりました。そしてさかんなご宴会《えんかい》をお開きになって、そのお席で曾婆加里《そばかり》を大臣の位におつけになり、すべての役人たちに言いつけて礼拝《れいはい》をおさせになりました。

曾婆加里《そばかり》はこれでいよいよ思いがかなったと言って大得意になってよろこびました。

水歯別王《みずはわけのみこ》は、

「それでは改めて、大臣のおまえと同じさかずきで飲み合おう」とおっしゃりながら、わざと人の顔よりも大きなさかずきへなみなみとおつがせになりました。そして、まずご自分でひと口めしあがったのち、曾婆加里《そばかり》におくだしになりました。曾婆加里《そばかり》はそれをいただいて、がぶがぶと飲みはじめました。

王《みこ》は曾婆加里《そばかり》の目顔《めかお》がそのさかずきで隠《かく》れるといっしょに、かねて蓆《むしろ》の下にかくしておおきになった剣《つるぎ》を抜きはなして、あッというまに、曾婆加里《そばかり》の首を斬《き》り落としておしまいになりました。

それからあくる日そこをお立ちになり、大和《やまと》の遠飛鳥《とおあすか》という村までおいでになって、そこへまたひと晩《ばん》おとまりになったうえ、汚《けが》れはらいのお祈《いの》りをなすって、そのあくる日、石上《いそのかみ》の神宮《じんぐう》へおうかがいになりました。そしておおせつけのとおり、中津王《なかつのみこ》を平《たい》らげてまいりましたとご奏上《そうじょう》になりました。

天皇はそれではじめて王《みこ》を御前《ごぜん》へお通しになりました。それから阿知直《あちのあたえ》に対しても、ごほうびに、蔵《くら》の司《つかさ》という役におつけになり、たいそうな田地《でんち》をもおくだしになりました。

三

天皇はのちに大和《やまと》の若桜宮《わかざくらのみや》にお移りになり、しまいに御年《おんとし》六十四でおかくれになりました。そのおあとは、弟さまの水歯別王《みずはわけのみこ》がおつぎになりました。のちに反正天皇《はんしょうてんのう》とおよび申すのがこの天皇の御事《おんこと》です。

天皇はお身の丈《たけ》が九尺《しゃく》二寸《すん》五分《ぶ》、お歯の長さが一寸《すん》、幅《はば》が二分《ぶ》おありになりました。そのお歯は上下《うえした》とも同じようによくおそろいになって、ちょうど玉をつないだようにおきれいでした。河内《かわち》の多遅比《たじひ》の柴垣宮《しばがきのみや》で政《まつりごと》をおとりになり、御年《おんとし》六十でおかくれになりました。

四

反正天皇《はんしょうてんのう》のおあとには、弟さまの若子宿禰王《わくごのすくねのみこ》が允恭天皇《いんぎようてんのう》としてお位《くらい》におつきになり、大和《やまと》の遠飛鳥宮《とおあすかのみや》へお移りになりました。

天皇は、もとからある不治《ふじ》のご病気がおありになりましたので、このからだでは位《くらい》にのぼることはできないとおっしゃって、はじめには固《かた》くご辞退《じたい》になりました。しかし、皇后《こうごう》やすべての役人がしいておねがい申すので、やむなくご即位《そくい》になったのでした。

するとまもなく新羅《しらぎ》の国から、八十一そうの船で貢物《みつぎもの》を献《けん》じてきました。そのお使いにわたってきた金波鎮《こんぱちん》、漢起武《かんきむ》という二人のものが、どちらともたいそう医薬《いやく》のことに通じておりまして、天皇の永《なが》いあいだのご病気を、たちまちにおなおし申しあげました。そのために天皇はついに御年《おんとし》七十八までお生きのびになりました。

天皇は、日本《にほん》じゅうの多くの部族のなかで、めいめいいいかげんな勝手《かつて》な姓《せい》を名のっているものが多いのをお嘆《なげ》きになり、大和《やまと》のある村へ玖訶瓮《くかえ》といって、にえ湯のたぎっている釜《かま》をおすえになって、日本じゅうのすべての氏姓《しせい》を正しくおさだめになりました。

そのにえ湯の中へ一人一人手を入れさせますと、正直《しょうじき》に本当の姓を名のっているものは、その手がどうもなりませんが、偽《いつわ》りを申し立てているものは、たちまち手が焼《や》けただれてしまうので、いちいち、うそと本当とを見わけることができました。

五

天皇がおかくれになったおあとにはいちばんお上の皇子《おうじ》の、木梨軽皇子《きなしのかるのおうじ》がお位《くらい》におつきになることに決まっておりました。ところが皇子はご即位《そくい》になるまえに、お身持ちの上について、ある言うに言われないまちがいごとをなすったので、朝廷《ちょうてい》のすべての役人や下々《しもじも》の人民たちがみんな皇子をお厭《いと》い申して、弟さまの穴穂王《あなほのみこ》のほうへ付いてしまいました。

軽皇子《かるのおうじ》はこれでは、うっかりしていると、穴穂王方《あなほのみこがた》からどんなことをしむけるかもわからないとおおそれになり、大前宿禰《おおまえのすくね》、小前宿禰《こまえのすくね》という、兄弟二人の大臣の家《うち》へお逃《に》げこみになりました。そしてさっそく戦道具《いくさどうぐ》をおととのえになり、軽矢《かるや》といって、矢の根を銅《どう》でこしらえた矢なぞをも、どっさりこしらえて、待ちかまえていらっしゃいました。

それに対して、穴穂王《あなほのみこ》のほうでもぬからず戦《いくさ》の手くばりをなさいました。こちらでも、穴穂矢《あなほや》といって、のちの代《よ》の矢と同じように鉄の矢じりのついた矢を、どんどんおこしらえになりました。そしてまもなく王《みこ》ご自身が軍勢《ぐんぜい》をおひきつれになって、大前《おおまえ》、小前《こまえ》の家をお攻《せ》めかこみになりました。

王《みこ》はちょうどそのとき急に降りだしたひょうの中を、まっ先に突進《とっしん》して、門前へ押しよせていらっしゃいました。そして、

「さあ、みんなもわしのとおりに進んでこい。ひょうの雨は今にやむ。そのひょうがやむように、すべてをかたづけてしまうのだ。さあ来い来い」という意味をおうたいになって、味方の兵をお招《まね》きになりました。

すると、大前《おおまえ》、小前《こまえ》の宿禰《すくね》は、手をあげひざをたたいて、うたい踊《おど》りながら出てきました。

「何をそんなにおさわぎになる。宮人《みやびと》のはかまのすそのひもについた小さな鈴《すず》、たとえばその鈴が落ちたほどの小さなことに、宮人も村の人も、そんなにさわぐにはおよびますまい」

こういう意味の歌をうたいながら穴穂王《あなほのみこ》の御前《ごぜん》に出てきて、

「もしあなたさま、軽皇子《かるのおうじ》さまならわざわざお攻《せ》めになりますにはおよびません。ご同《どう》腹《ふく》のお兄上《あにうえ》をお攻めになっては人が笑います。皇子《おうじ》さまはわたくしが召《め》し捕《と》ってさし出します」と申しあげました。

それで穴穂王《あなほのみこ》は囲《かこ》みを解《と》いて、ひきあげて待っておいでになりますと、二人の宿禰《すくね》は、ちゃんと軽皇子《かるのおうじ》をお引き立て申してまいりました。

六

軽皇子《かるのおうじ》には、軽大郎女《かるのおおいらつめ》とおっしゃるたいそう仲《なか》のよいご同腹《どうふく》のお妹さまがおありになりました。大郎女《おおいらつめ》は世にまれなお美しい方《かた》で、そのきれいなおからだの光がお召《め》しものまでも通して光っていたほどでしたので、またの名を衣通郎女《そとおしのいらつめ》とよばれていらっしゃいました。

穴穂王《あなほのみこ》の手におわたされになった軽皇子《かるのおうじ》は、その仲のよい大郎女《おおいらつめ》の嘆《なげ》きを思いやって、「ああ郎女《いらつめ》よ。ひどく泣くと人が聞いて笑いそしる。羽狭《はさ》の山の山鳩《やまばと》のように、こっそりと忍《しの》び泣きに泣くがよい」という意味の歌をおうたいになりました。

穴穂王《あなほのみこ》は、軽皇子《かるのおうじ》を、そのまま伊予《いよ》へ島流《しまなが》しにしておしまいになりました。そのとき大郎女《おおいらつめ》は、

「どうぞ浜べをお通りになっても、蠣殻《かきがら》をおふみになって、けがをなさらないように、よく気をつけてお歩きくださいまし」という意味の歌を、泣き泣きお兄上におささげになりました。

大郎女《おおいらつめ》はそのおあとでも、お兄上のことばかり案《あん》じつづけていらっしゃいましたが、ついにたまりかねて、はるばる伊予《いよ》までおあとを追っていらっしゃいました。

軽皇子《かるのおうじ》はそれはそれはお喜びになって、大郎女《おおいらつめ》のお手をおとりになりながら、

「本当によく来てくれた。鏡のように輝《かがや》き、玉のように光っている、きれいなおまえがいればこそ、大和《やまと》へもかえりたいともだえていたけれど、おまえがここにいてくれれば、大和も家《うち》もなんであろう」と、こういう意味のお歌をおうたいになりました。

まもなくお二人は、その土地で自殺しておしまいになりました。

鹿《しか》の群《むれ》、猪《しし》の群《むれ》

一

穴穂王《あなほのみこ》は、お兄《あにい》さまの軽皇子《かるのおうじ》を島流《しまなが》しにおしになったのち、第二十代安康天皇《あんこうてんのう》としてお立ちになり、大和《やまと》の石上《いそのかみ》の穴穂宮《あなほのみや》へお引き移りになりました。

天皇は弟さまの大長谷皇子《おおはつせのおうじ》のために、仁徳天皇《にんとくてんのう》の皇子《おうじ》で、ちょうど大おじさまにおあたりになる大日下王《おおくさかのみこ》とおっしゃる方《かた》のお妹さまの、若日下王《わかくさかのみこ》という方を、お嫁《よめ》にもらおうとお思いになりました。

それで根臣《ねのおみ》というものを大日下王《おおくさかのみこ》のところへおつかわしになって、そのおぼしめしをお伝えになりました。大日下王《おおくさかのみこ》はそれをお聞きになりますと、四《よ》たび礼拝《れいはい》をなすったうえ、

「じつはわたくしも、万一そういうご大命《たいめい》がくだるかもわからないと思いましたので、妹は、ふだん、外へも出さないようにしていました。まことにおそれ多いことながら、それではおおせのままにさしあげますでございましょう」とたいそう喜んでお受けをなさいました。しかしただ言葉だけでご返事を申しあげたのでは失礼だとお考えになって、天皇へお礼のお印《しるし》に、押木《おしき》の玉かずらというりっぱな髪飾《かみかざ》りを、若日下王《わかくさかのみこ》から献上品《けんじょうひん》としておことづけになりました。

するとお使いの根臣《ねのおみ》は、乱暴《らんぼう》にも、その玉かずらを途中で自分がぬすみ取ったうえ、天皇に向かっては、

「おおせをお伝えいたしましたが、王《みこ》はお聞き入れがございません。おれの妹ともあるものを、あんなやつの敷物《しきもの》にやれるかとおっしゃって、それはそれは、刀の柄《つか》に手をかけてご立腹《りっぷく》になりました」

こう言って、まるで根もないことをこしらえて、ひどい讒言《ざんげん》をしました。

天皇は非常にお怒《いか》りになって、すぐに人を派《は》せて大日下王《おおくさかのみこ》を殺しておしまいになりました。そして王《みこ》のお妃《きさき》の長田大郎女《ながたのおおいらつめ》を召《め》しいれて自分の皇后《こうごう》になさいました。

あるとき天皇は、お昼寝《ひるね》をなさろうとして、お寝床《ねどこ》にお横たわりになりながら、おそ

ばにいらしった皇后に、

「そちはなにか心のうちに思っていることはないか」とおたずねになりました。皇后は、

「いいえけっしてそんなはずはございません。これほどお手あついお情《なさ》けをいただいておりますのに、このうえなにを思いましょう」とお答えになりました。

そのとき、ちょうど御殿《ごてん》の下には、皇后が先の大日下王《おおくさかのみこ》との間におもうけになった、目弱王《まよわのみこ》とおっしゃる、七つにおなりになるお子さまが、一人で遊んでおいでになりました。

天皇はそれとはご存じないものですから、ついうっかりと、

「わしはただ一つ、いつも気になってならないことがある。それは目弱《まよわ》が大きくなったのちに、あれの父はわしが殺したのだと聞くと、わしに復讐《ふくしゅう》をしはしないだろうかと、それが心配である」と、こうおおせになりました。

目弱王《まよわのみこ》は下でそれをお聞きになって、それではお父上《ちちうえ》を殺したのは天皇であったのかと、びっくりなさいました。

そのうちに、まもなく天皇はぐっすりお眠《ねむ》りになりました。目弱王《まよわのみこ》はそこをねらってそっと御殿《ごてん》へお上がりになり、お枕《まくら》もとにあった太刀《たち》を抜きはなして、いきなり天皇の

お頸《くび》をお切りになりました。そしてすぐにお宮《みや》をぬけ出して、都夫良意富美《つぶらおおみ》というものの家《うち》へ逃《に》げこんでおしまいになりました。

天皇はそのままお息がお絶えになりました。お年は五十六歳でいらっしゃいました。

そのときには、弟さまの大長谷皇子《おおはつせのおうじ》は、まだ童髪《どうはつ》をお結《ゆ》いになっている一少年でおいでになりましたが、目弱王《まよわのみこ》が天皇をお殺し申したとお聞きになりますと、それはそれはお憤《いきどお》りになって、すぐにお兄上の黒日子王《くろひこのみこ》のところへかけつけておいでになり、

「お兄《にい》さま、たいへんです。天皇をお殺し申したやつがいます。どういたしましょう」

とご相談をなさいました。すると、黒日子王《くろひこのみこ》は天皇のご同腹《どうふく》のお兄《あにい》さまでおありになりながら、てんで、びっくりもなさらないで平気にかまえていらっしゃいました。大長谷《おおはつせの》皇子《おうじ》はそれをご覧《らん》になりますと、くわッとお怒《いか》りになり、

「あなたはなんという頼《たの》もしげもない人でしょう。われわれの天皇がお殺されになったのじゃありませんか。それはまたあなたのお兄《あにい》さまじゃありませんか。それを平気で聞いているとはなにごとです」とおっしゃりながら、いきなりえりもとをひッつかんで引きずり出し、刀をぬくなり、ひと打ちに打ち殺しておしまいになりました。

皇子《おうじ》はそれからまたつぎのお兄《あにい》さまの、白日子王《しろひこのみこ》のところへおいでになって、同じよ

うに、天皇がお殺されになったことをお告げになりました。白日子王《しろひこのみこ》は天皇のご同腹《どうふく》の弟さまでいらっしゃいました。それだのに、この方《かた》も同じく平気な顔をして、すましておいでになりました。皇子はまたそのお兄《あに》さまのえり首をつかんで引きずり出して、小《お》治田《はりだ》という村まで引っぱっていらっしゃいました。そしてそこへ穴を掘《ほ》って、その中へまっすぐに立たせたまま、生《い》き埋《う》めに埋《うず》めておしまいになりました。

王《みこ》はどんどん土をかけられて、腰《こし》までお埋《う》められになったとき両方のお目の玉が飛び出して、それなり死んでおしまいになりました。

二

大長谷皇子《おおはつせのおうじ》はそれから軍勢《ぐんぜい》をひきつれて、目弱王《まよわのみこ》をかくまっている都夫良意富美《つぶらおおみ》の邸《やしき》をおとりかこみになりました。すると、こちらでもちゃんと手くばりをして待ちかまえておりまして、それッというなり、ちょうど、葦《あし》の花が飛びちるように、もうもうと矢を射出《いだ》しました。

大長谷皇子《おおはつせのおうじ》は、その前から、この都夫良《つぶら》の娘《むすめ》の訶良媛《からひめ》という人をお嫁《よめ》にもらいにな

ることにしていらっしゃいました。皇子《おうじ》は今どんどん射向《いむ》ける矢の中に、矛《ほこ》を突いておつッ立ちになりながら、

「都夫良《つぶら》よ、訶良媛《からひめ》はこの家《うち》にいるか」と大声でおどなりになりました。

都夫良《つぶら》はそれを聞くと、急いで武器を投げすてて、皇子《おうじ》の御前《ごぜん》へ出てきました。そして八《や》たび伏《ふ》し拝《おが》んで申しあげました。

「娘《むすめ》の訶良媛《からひめ》はお約束のとおり必ずあなたにさしあげます。また、五か村《そん》のわたくしの領地も、娘にそえて献上《けんじょう》いたします。ただどうぞ、今しばらくお待ちくださいまし。わたくしがただいますぐに娘をさしあげかねますわけは、昔から臣下のものが皇子《おうじ》さまがたのお宮《みや》へ逃《に》げかくれたことは聞いておりますが、貴《とうと》い皇子さまが下々《しもじも》のもののところへお逃《のが》れになった例《ためし》はかつて聞きません。わたくしはいかに力いっぱい戦いましても、あなたにお勝ち申すことができないのは十分わきまえております。しかし、目弱王《まよわのみこ》は、わたくしごときものをも頼《たよ》りにしてくださって、いやしいわたくしの家《うち》へおはいりくださっているのでございますから、わたくしといたしましては、たとえ死んでもお見捨《みす》て申すことはできません。娘はどうぞわたくしが討《う》ち死《じ》にをいたしましたあとで、お召《め》しつれくださいまし」

こう申しあげて御前《ごぜん》をさがり、ふたたび戦道具《いくさどうぐ》を取って邸《やしき》にはいって、いっしょうけんめいに戦《いくさ》をいたしました。

そのうちに都夫良《つぶら》はとうとうひどい手傷《てきず》を負《お》いました。みんなも矢種《やだね》がすっかり尽《つ》きてしまいました。それで都夫良《つぶら》は目弱王《まよわのみこ》に向かって、

「わたくしもこのとおりで、もはや戦《いくさ》をつづけることができません。いかがいたしましょう」と申しあげました。

お小さな目弱王《まよわのみこ》は、

「それではもうしかたがない。早くわたしを殺してくれ」とおっしゃいました。都夫良《つぶら》はおおせに従《したが》ってすぐに王《みこ》をお刺《さ》し殺し申したうえ、その刀で自分の頸《くび》を斬《き》って死んでしまいました。

三

このさわぎがかたづくとまもなく、ある日、大長谷皇子《おおはつせのおうじ》のところへ、近江《おうみ》の韓袋《からぶくろ》というものが、そちらの蚊屋野《かやの》というところに、猪《しし》や鹿《しか》が非常にたくさんおりますと申し出

ました。

「そのどっさりおりますことと申しますと、群《むら》がり集まった足はちょうどすすき原《はら》のすきのようでございますし、群がった角《つの》は、ちょうど枯木《かれき》の林のようでございます」と韓袋《からぶくろ》は申しあげました。

皇子《おうじ》は、ようし、とおっしゃって、履仲天皇《りちゅうてんのう》の皇子で、ちょうどお従兄《いとこ》におあたりになる、忍歯王《おしはのみこ》とおっしゃるお方《かた》とお二人で、すぐに近江《おうみ》へおくだりになりました。

お二人は蚊屋野《かやの》にお着きになりますと、ごめいめいに別々の仮屋《かりや》をおたてになって、その中へおとまりになりました。

そのあくる朝、忍歯王《おしはのみこ》は、まだ日ものぼらないうちにお目ざめになりました。それでまったくなんのお気もなく、すぐにお馬に召《め》して、大長谷皇子《おおはつせのおうじ》のお仮屋《かりや》へ出かけておいでになりました。こちらでは、皇子《おうじ》はまだよくお寝《よ》っていらっしゃいました。王《みこ》は、皇子のおつきのものに向かって、

「まだお目ざめでないようだね。もう夜《よ》も明けたのだから、早くお出かけになるように申しあげよ」とおっしゃって、そのままお馬をすすめて、猟場《りょうば》へお出かけになりました。

皇子《おうじ》のおつきのものは、皇子に向かって、

「ただいま忍歯王《おしはのみこ》がおいでになりまして、これこれとおっしゃいました。なんだかおっしゃることが変ではございませんか。けっしてご油断《ゆだん》をなさいますな。お身固《みがた》めも十分になすってお出かけなさいますように」と、悪く疑《うたぐ》ってこう申しあげました。それで皇子《おうじ》も、わざわざお召《め》しものの下へよろいをお着こみになりました。そして弓矢を取ってお馬に召すなり、大急ぎで王《みこ》のあとを追ってお出かけになりました。

皇子《おうじ》はまもなく王《みこ》に追いついて、お二人で馬をならべてお進みになりました。そのうちに皇子はすきまをねらって、さっと矢をおつがえになり、罪《つみ》もない忍歯王《おしはのみこ》を、だしぬけに射落《いお》としておしまいになりました。そして、なお飽《あ》きたりずに、そのおからだをずたずたに切り刻《きざ》んで、それを馬の飼葉《かいば》を入れるおけの中へ投げ入れて、土の中へ埋《うず》めておしまいになりました。

四

忍歯王《おしはのみこ》には意富祁王《おおけのみこ》、袁祁王《おけのみこ》というお二人のお子さまがいらっしゃいました。お二人はお父上がお殺されになったとお聞きになりまして、それでは自分たちもうかうかしてはいられないとおぼしめして、急いで大和《やまと》をお逃《に》げ出しになりました。

そのお途中でお二人が、山城《やましろ》の苅羽井《かりはい》というところでお弁当を召《め》しあがっておりますと、そこへ、懲役《ちょうえき》あがりの印《しるし》に、顔へ入墨《いれずみ》をされている、一人の老人が出てきて、お二人が食べかけていらっしゃるお弁当を奪《うば》い取りました。お二人は、

「そんなものは惜《お》しくもないけれど、いったいおまえは何ものだ」とおたしなめになりました。

「おれは山城《やましろ》でお上《かみ》の猪《しし》を飼っている猪飼《ししかい》だ」と、その悪《わる》ものの老人は言いました。

お二人はそれから河内《かわち》の玖須婆川《くすばがわ》という川をお渡《わた》りになり、とうとう播磨《はりま》まで逃《に》げのびていらっしゃいました。そして固《かた》くご身分をかくして、志自牟《しじむ》というものの家《うち》へ下男《げなん》におやとわれになり、いやしい牛飼《うしかい》、馬飼《うまかい》の仕事をして、お命をつないでいらっしゃいました。

とんぼのお歌

一

大長谷皇子《おおはつせのおうじ》は、まもなく雄略天皇《ゆうりやくてんのう》としてご即位《そくい》になり、大和《やまと》の朝倉宮《あさくらのみや》にお移りになりました。皇后《こうごう》には、例の大日下王《おおくさかのみこ》のお妹さまの若日下王《わかくさかのみこ》をお立てになりました。

その若日下王《わかくさかのみこ》が、まだ河内《かわち》の日下《くさか》というところにいらしったときに、ある日天皇は、大和《やまと》からお近道《ちかみち》をお取りになり、日下《くさか》の直越《ただごえ》という峠《とうげ》をお越《こ》えになって、王《みこ》のところへおいでになったことがありました。

そのとき天皇は、山の上から四方の村々をお見わたしになりますと、向こうのほうに、一軒《けん》、棟《むね》に堅魚木《かつおぎ》をとりつけている家《うち》がありました。堅魚木《かつおぎ》というのは、天皇のお宮《みや》か、神さまのお社《やしろ》かでなければつけないはずの、鰹《かつお》のような形をした、棟の飾《かざ》りです。

天皇はそれをご覧《らん》になって、

「あの家《いえ》はだれの家か」とおたずねになりました。

「あれは志幾《しき》の大県主《おおあがたぬし》の家《うち》でございます」と、お供《とも》のものがお答え申しました。天皇は、

「無礼なやつめ。おのれが家《いえ》をわしのお宮《みや》に似《に》せてつくっている」とお怒《いか》りになり、

「行ってあの家を焼《や》きはらってこい」とおっしゃって、すぐに人をおつかわしになりました。すると大県主《おおあがたぬし》はすっかりおそれいってしまいまして、

「じつは、おろかなわたくしどものことでございますので、ついなんにも存じませんで、うっかりこしらえましたのでございます」と言って、縮《ちぢ》みあがってお申しわけをしました。そして、そのおわびの印《しるし》に、一ぴきの白犬《しろいぬ》に布《ぬの》を着せ、鈴《すず》の飾《かざ》りをつけて、それを身内《みうち》のものの一人の、腰佩《こしはき》というものに綱《つな》でひかせて、天皇に献上《けんじょう》いたしました。

それで天皇も、その家《うち》をお焼《や》きはらいになることだけはゆるしておやりになり、そのまま若日下王《わかくさかのみこ》のお家へお着きになりました。

天皇はお供《とも》のものをもって、

「これはただいま途中で手に入れた犬だ。めずらしいものだから進物《しんもつ》にする」とおっしゃって、さっきの白犬《しろいぬ》を若日下王《わかくさかのみこ》におくだしになりました。しかし王《みこ》は、

「きょう天皇は、お日さまをお背中になすっておこしになりました。これではお日さまに対しておそれ多うございますので、きょうはお目にかかりません。そのうち、わたくしのほうからすぐにまかり出まして、お宮《みや》へお仕え申しあげます」

こう言っておことわりをなさいました。

天皇はおかえりのお途中、山の上にお立ちになって、若日下王《わかくさかのみこ》のことをお慕《した》いになるお歌をおよみになり、それを王《みこ》へお送りになりました。王はそれからまもなくお宮《みや》へおあがりになりました。

二

天皇はあるとき、大和《やまと》の美和川《みわがわ》のほとりへお出ましになりました。そうすると、一人の娘《むすめ》が、その川で着物を洗っておりました。それは本当に美しい、かわいらしい娘でした。天皇は、

「そちはだれの子か」とおたずねになりました。

「わたくしは引田部《ひけたべ》の赤猪子《あかいのこ》と申しますものでございます」と娘はお答え申しました。

天皇は、

「それでは、いずれわしのお宮《みや》へ召《め》し使ってやるから待っていよ」とおっしゃって、そのままお通りすぎになりました。

赤猪子《あかいのこ》はたいそうよろこんで、それなりお嫁《よめ》にもゆかないで、一心《いっしん》にご奉公《ほうこう》を待っておりました。しかし宮中《きゅうちゅう》からは、何十年たっても、とうとうお召《め》しがありませんでした。そのうちに、もうひどいおばあさんになってしまいました。赤猪子《あかいのこ》は、

「これではいよいよお宮《みや》へご奉公《ほうこう》にあがることはできなくなった。しかしこんなになるまで、いっしょうけんめいにお召《め》しを待っていたことだけは、いちおう申しあげてきたい」こう思って、ある日、いろいろの鳥やお魚や野菜ものをおみやげに持って、お宮へおうかがいいたしました。すると天皇は、

「そちはなんという老婆《ろうば》だ、どういうことでまいったのか」とおたずねになりました。

赤猪子《あかいのこ》は、

「わたくしは、いついつの年のこれこれの月に、これこれこういうおおせをこうむりましたものでございます。今日《こんにち》までお召《め》しをお待ち申してとうとう何十年という年をすごしました。もはやこんな老婆《ろうば》になりましたので、もとよりご奉公《ほうこう》には堪《た》えられませんが、

ただ、わたくしがどこまでもおおせを守っておりましたことだけを申しあげたいと存じまして、わざわざおうかがいいたしました」と申しあげました。天皇はそれをお聞きになって、びっくりなさいました。

「わしはそのことは、もうとっくに忘《わす》れてしまっていた。これはこれはすまないことをした。かわいそうに」とおっしゃって、二つのお歌をおうたいになり、それでもって、赤猪子《あかいのこ》のどこまでも正直《しようじき》な心根《こころね》をおほめになり、ご自分のために、とうとう一生お嫁《よめ》にもゆかないですごしたことをしみじみおあわれみになりました。赤猪子《あかいのこ》は、そのお歌を聞いて、たまりかねて泣きだしました。その涙《なみだ》で、赤色にすりそめた着物の袖《そで》がじとじとにぬれました。そして泣き泣き歌をうたって、

「あああ、これから先はだれにすがって生きてゆこう。若い女の人たちは、ちょうど日下《くさか》の入江《いりえ》の蓮《はす》の花のように輝《かがや》き誇《ほこ》っている。わたしもそのとおりの若さでいたら、すぐにもお宮《みや》へ召《め》し使っていただけようものを」と、こういう意味をお答え申しあげました。

天皇はかずかずのお品物をおくだしになり、そのままお家《うち》へおかえしになりました。

三

またあるとき天皇は、大和《やまと》の阿岐豆野《あきつの》という野へご猟《りょう》においでになりました。そして猟場《りょうば》でおいすにおかけになっておりますと、一ぴきの虻《あぶ》が飛んできて、お腕《うで》にくいつきました。すると一ぴきのとんぼが出てきて、たちまちその虻を食い殺して飛んでゆきました。

天皇はこれをご覧《らん》になってたいそうお喜びになり、

「なるほどこんなふうに天皇のことを思う虫だから、それでこの日本《にほん》のことをあきつ島《しま》というのであろう」という意味をお歌にうたっておほめになりました。とんぼのことを昔の言葉ではあきつとよんでおりました。

そのつぎにはまた別のときに、大和《やまと》の葛城山《かつらぎやま》へお上がりになりました。そうすると、ふいに大きな大猪《おおいのしし》が飛び出してきました。天皇はすぐにかぶら矢をおつがえになって、ねらいをたがえず、ぴゅうとお射当《いあ》てになりました。すると猪《しし》はおそろしく怒《いか》りくるって、ううううとうなりながら飛びかかってきました。それにはさすがの天皇もこわくお

なりになって、おそばに立っていた榛《はんのき》へ、大急ぎでお逃《に》げのぼりになり、それでもって、やっと危《あぶな》いところをお助かりになりました。

天皇はその榛《はんのき》の上で、

「ああ、この木のおかげで命びろいをした。ありがたいありがたい」とおっしゃる意味を、お歌におうたいになりました。

四

天皇はその後、また葛城山《かつらぎやま》におのぼりになりました。そのときお供《とも》の人々は、みんな、赤いひものついた、青ずりの装束《しょうぞく》をいただいて着ておりました。

すると、向こうの山を、一人のりっぱそうな人がのぼってゆくのがお目にとまりました。その人のお供のものたちも、やはりみんな、赤ひものついた、青ずりの着物を着ていまして、だれが見ても天皇のお行列と寸分《すんぶん》もちがいませんでした。

天皇はおどろいて、すぐに人をおつかわしになり、

「日本《にほん》にはわしを除《のぞ》いて二人と天皇はいないはずだ。それだのに、わしと同じお供《とも》を従《したが》

えてゆくそちは、いったい何ものだ」と、きびしくお問いつめになりました。すると向こうからも、そのおたずねと同じようなことを問いかえしました。

　天皇はくわッとお怒《いか》りになり、真っ先に矢をぬいておつがえになりました。お供《とも》のものも残らず一度に矢をつがえました。そうすると、向こうでも負けていないで、みんなそろって矢をつがえました。天皇は、

「さあ、それでは名を名のれ。お互《たが》いに名のり合ったうえで矢を放とう」とお言い送りになりました。向こうからは、

「それではこちらの名前も明かそう。わたしは、悪いことにもただひとこと、いいことにもひとことだけお告げをくだす、葛城山《かつらぎやま》の一言主神《ひとことぬしのかみ》だ」とお答えがありました。天皇はそれをお聞きになると、びっくりなすって、

「これはこれはおそれ多い、大神《おおかみ》がご神体《しんたい》をお現《あらわ》しになったとは思いもかけなかった」とおっしゃって、大急ぎで太刀《たち》や弓矢をはじめ、お供《とも》のもの一同の青ずりの着物をもすっかりおぬがせになり、それをみんな、伏《ふ》し拝《おが》んで、大神へご献上《けんじょう》になりました。

　すると大神《おおかみ》は手を打ってお喜びになり、その献上《けんじょう》ものをすっかりお受けいれになりました。それから天皇がご還幸《かんこう》になるときには、大神はわざわざ山をおりて、遠く長谷《はっせ》の

山の口までお見送りになりました。

五

天皇はつぎにはまたあるとき、その長谷《はつせ》にある百枝槻《ももえつき》という大きな、大けやきの木の下でお酒宴《さかもり》をおもよおしになりました。

そのとき伊勢《いせ》の生まれの三重采女《みえのうねめ》という女官《じょかん》が、天皇におさかずきをささげて、お酒をおつぎ申しました。すると、あいにく、けやきの葉が一つ、そのさかずきの中へ落ちこみました。采女《うねめ》はそれとも気がつかないで、なおどんどんおつぎ申しました。天皇はふと、その木の葉をご覧《らん》になりますと、たちまちむッとお怒《いか》りになって、いきなり采女《うねめ》をつかみ伏《ふ》せておしまいになり、お刀をおぬきになって、頸《くび》を斬《き》ろうとなさいました。

采女《うねめ》は、

「あッ」とおそれちぢかんで、

「どうぞ命だけはおゆるしくださいまし。申しあげたいことがございます」と言いながら、つぎのような意味の、長い歌をうたいました。

「このお宮《みや》は、朝日も夕日もよくさし入《い》る、はればれとしたよいお宮である。堅《かた》い地伏《じふく》の上に建てられた、がっしりとした大きなお宮である。お宮の外には大きなけやきの木がそびえたっている。その大木《たいぼく》の上の枝《えだ》は天をおおっている。中ほどの枝は東の国に生《お》いかぶさり、下の枝はそのあとの地方をすっかりおおっている。上の枝のこずえの葉は、落ちて中の枝にかかり、中の枝の落ちた葉は下の枝にふりかかる。下の枝の葉は采女《うねめ》がささげたおさかずきの中へ落ち浮《う》かんだ。

それを見ると、大昔《おおむかし》、天地がはじめて出来たときに、この世界が浮《う》き脂《あぶら》のように浮かんでいたときのありさまが思い出される。また、神さまが、大海《おおうみ》の真ん中へこの日本《にほん》の島を作りお浮かべになった、そのときのありさまにもよく似《に》ている。ほんとに尊《とうと》くめでたいことである。これはきっと、のちの世までも話し伝えるに相違《そうい》ない」

采女《うねめ》はこう言って、昔からの言いつたえを引いておもしろくうたいあげました。天皇はこの歌に免《めん》じて、采女《うねめ》の罪《つみ》をゆるしておやりになりました。すると皇后《こうごう》もたいそうおよろこびになって、

「この大和《やまと》の高市郡《たかいちごおり》の高いところに、大きく繁《しげ》った広葉《ひろは》の椿《つばき》がさいている。今天皇は、その椿の葉と同じように、大きなお寛《ひろ》い、そして、その花と同じように美しくおやさし

いお心で、采女《うねめ》をおゆるしくだすった。さあ、この貴《とうと》い天皇にお酒をおつぎ申しあげよ。このありがたいお情《なさ》けは、みんながのちの世まで永《なが》く語り伝えるであろう」と、こういう意味のお歌をおうたいになりました。

それについで天皇も楽しくお歌をおうたいになり、みんなでにぎやかにお酒盛《さかもり》をなさいました。

采女《うねめ》は罪《つみ》をゆるされたばかりでなく、そのうえに、さまざまのおくだしものまでいただいて、大喜びに喜びました。

天皇はしまいに、御年《おんとし》百二十四歳でおかくれになりました。

牛飼馬飼《うしかいうまかい》

一

雄略天皇《ゆうりやくてんのう》のおあとには、お子さまの清寧天皇《せいねいてんのう》がお立ちになりました。天皇はしまいまで皇后《こうごう》もお迎えにならず、お子さまもお一人もいらっしゃいませんでした。

ですから天皇がおかくれになると、おあとをお継《つ》ぎになる方《かた》がいらっしゃらないので、みんなはたいそう当惑《とうわく》して、これまでのどの天皇かのお血筋《ちすじ》の方をいっしょうけんめいにお探《さが》し申しました。すると、さきに大長谷皇子《おおはつせのおうじ》にお殺されになった、忍歯王《おしはのみこ》のお妹さまで忍海郎女《おしぬみのいらつめ》、またのお名前を飯豊王《いいとよのみこ》とおっしゃる方が、大和《やまと》の葛城《かつらぎ》の角刺宮《つぬさしのみや》というお宮《みや》においでになりました。それで、このお方にともかく一時政《まつりごと》をおとりになっていただきました。みんなは、例の忍歯王《おしはのみこ》のお子さまの意富祁《おおけ》、袁祁《おけ》のお二人が、播磨《はりま》の国で牛飼《うしかい》、馬飼《うまかい》になって、生きながらえておいでになるということはちっとも知らないでいました。

その後まもなく、その播磨《はりま》の国へ、山部連小楯《やまべのむらじおだて》という人が国造《くにのみやつこ》になって行きました。

するとその地方の志自牟《しじむ》というものが新築《しんちく》したお家《うち》でお酒盛《さかもり》をしました。そのとき小楯《おだて》

をはじめ、よばれた人たちも、お酒がまわるにつれて、みんなで代わるがわる立って舞《まい》

をまいました。しまいにはかまどのそばで火をたいていた、兄弟二人の火たきの子供に

も舞えと言いました。

すると、弟のほうの子は、兄の子に向かって、おまえさきにお舞《ま》いと言いました。兄

は弟に向かって、おまえから舞えと言いました。みんなは、そんないやしい小奴《こやっこ》どもが、

人なみに、もっともらしくゆずり合うのをおもしろがって、やんやと笑いました。

そのうちに、とうとう兄のほうがさきに舞《ま》いました。弟はそのあとで舞いだそうとす

るときに、まず大声でつぎのような歌をうたって自分たち兄弟の身の上をうちあけまし

た。

「男らしい大きな男が、大刀《たち》の柄《つか》に赤い飾《かざ》りをつけ、大刀の緒《お》には赤い布《きれ》をつけて、い

かにも人目を引く姿《すがた》をしていても、深く生《お》いしげった竹やぶの後ろにはいれば、隠《かく》れて

目にも見えない」と、こううたいだして、竹やぶということばを引き出したのち、「そんな竹やぶの大きな竹を割って、それをならべてこしらえた、八絃琴《はちげんきん》は、それはそれは調子がよくととのって申しぶんがない。今から五代まえの履仲天皇《りちゅうてんのう》は、ちょうどその琴《こと》のしらべと同じように、どこまでもりっぱに天下をお治めになったお方《かた》である。その皇子《おうじ》に忍歯王《おしはのみこ》とおっしゃる方がいらしった。みんなの人々よ、われわれ二人は、その忍歯王《おしはのみこ》の子であるぞ」とうたいました。

小楯《おだて》はそれを聞くとびっくりして、床《ゆか》からころがり落ちてしまいました。そして大あわてにあわてて、さっそくみんなを残らず追い出したうえ、意外なところでお見出《みだ》し申した、意富祁《おおけ》、袁祁《おけ》のお二人を左右のおひざにお抱《かか》え申しながら、お二人の今日《こんにち》までのご辛苦《しんく》をお察し申しあげて、ほろほろと涙《なみだ》をながして泣きました。

小楯《おだて》はそれから急いでみんなを集めて、仮《かり》のお宮《みや》をつくり、お二人をその中にお移し申しました。そして、すぐに大和《やまと》へ早馬《はやうま》の使いを立てて、おんおば上《うえ》の飯豊王《いいとよのみこ》にご註進《ちゅうしん》申しあげました。飯豊王《いいとよのみこ》はそれをお聞きになると、大喜びにお喜びになり、すぐにお二人をおよびのぼせになりました。

二

お二人は、角刺《つぬさし》のお宮《みや》でだんだんにご成人になりました。

あるとき袁祁王《おけのみこ》は、歌垣《うたがき》といって、男や女がおおぜいいっしょに集まって、歌をうたいかわす催《もよお》しへお出かけになりました。

そのとき菟田首《うたのおびと》という人の娘《むすめ》で、王《みこ》がかねがねお嫁《よめ》にもらおうと思っておいでになる、大魚《おうお》という美しい女の人も来あわせておりました。するとそのころ、臣下のうちでおそろしく幅《はば》をきかせていた志毘臣《しびのおみ》というものが、その大魚《おうお》の手を取りながら、袁祁王《おけのみこ》にあてつけて、

「ああ、おかしやおかしや、お宮《みや》の屋根がゆがんでしまった」とうたいだし、そのあとの歌のむすびを王《みこ》にさし向けました。王は、すぐにそれをお受けになって、

「それは大工《だいく》がへただからゆがんだのだ」とおうたいになりました。すると志毘《しび》はかさねて、

「いや、どんなに王《みこ》があせられても、わしが結《ゆ》いめぐらした、八重《やえ》の柴垣《しばがき》の中へははい

れまい。大魚《おうお》とわしとの仲《なか》をじゃまをすることはできまい」とうたいかけました。王《みこ》はすかさず、

「潮《しお》の流れの上の、浪《なみ》の荒《あら》いところに鮪《しび》が泳いでいる。鮪《しび》のそばには鮪《しび》の妻《つま》がついている。ばかな鮪《しび》よ」とおうたいになりました。

そうすると志毘《しび》はむっと怒《おこ》って、

「王《みこ》の結《ゆ》った柴垣《しばがき》なぞは、いかに堅固《けんご》に結いまわしてあろうとも、おれがたちまち切り破《やぶ》ってみせてやる。焼《や》きはらってみせてやる」とうたいました。王《みこ》はどこまでも負けないで、

「あはは、鮪《しび》よ。そちは魚だ。いかにいばっても、そちを突きに来る海人《あま》にはかなうまい。そんなにこわいものがいては悲しかろう」とおうたいになりました。

王《みこ》は、そんなにして、とうとう夜《よ》があけるまでうたい争っておひきあげになりました。そして、お宮《みや》へおかえりになるとすぐに、お兄上《あにうえ》の意富祁王《おおけのみこ》とご相談をなさいました。

志毘《しび》は一人でつけあがって、われわれをもまるでふみつけている。われわれのお宮に仕えているものも、朝はお宮へ来るけれど、それから先は昼じゅう志毘《しび》の家《うち》へ集まって媚《こ》びいっている。あんなやつはのちのちのために早く討《う》ち亡《ほろ》ぼしてしまわなければいけな

い。志毘《しび》は、今ごろは疲《つか》れて寝入《ねい》っているにちがいない。門には番人もいまい、襲《おそ》うのは今だと、お二人でご決心になりました。そしてすぐに軍勢《ぐんぜい》を集めて志毘《しび》の家《いえ》をおとりかこみになり、目あての志毘《しび》を難《なん》なく斬《き》り殺しておしまいになりました。

三

お二人はもはや、お年のうえでも十分お一人だちで天下をお治めになることがおできになるので、順序《じゅんじょ》からいって、お兄上の意富祁王《おおけのみこ》が、まず第一にご即位《そくい》になるのが本当でした。しかし王《みこ》は弟さまに向かって、

「二人が志自牟《しじむ》の家《うち》にいたときに、もしそなたが名前を名のらなかったら、二人ともあのままあすこに埋《うず》もれていなければならないはずであった。お互《たが》いにこんなになったのもみんなそなたの手柄《てがら》である。それで、わしは兄に生まれてはいるけれど、どうかそなたから先に天下を治めておくれ」とおっしゃいました。袁祁王《おけのみこ》はそのことだけはどこまでもご辞退《じたい》になりましたが、お兄上がどうしてもお聞きいれにならないので、とうとうしかたなしに、第一にお位《くらい》におつきになりました。のちに顕宗天皇《けんそうてんのう》と申しあげるのがす

なわちこの天皇でいらっしゃいます。

天皇はそれといっしょに大和《やまと》の近飛鳥宮《ちかあすかのみや》へお移りになり、石木王《いしきのみこ》という方《かた》のお子さまの難波王《なにわのみこ》とおっしゃる方を、皇后《こうごう》にお迎えになりました。

天皇は、お父上《ちちうえ》の忍歯王《おしはのみこ》のご遺骨《いこつ》をお探《さが》し申そうとおぼしめして、いろいろ、ご苦心《くしん》をなさいました。すると、近江《おうみ》から一人のいやしい老婆《ろうば》がのぼってきて、

「王《みこ》のお骨《こつ》をお埋《うず》め申してあるところは、わたくしがちゃんと存じております。おそれながら、王《みこ》には、百合《ゆり》の根のようにお重《かさ》なりになったお歯がおありになりました。そのお歯をご覧《らん》になりませば、王のお骨だということはすぐにお見分けがつきます」と申しあげました。天皇はさっそく近江《おうみ》の蚊屋野《かやの》へおくだりになって、土地の人民におおせつけになって、老婆《ろうば》のさす場所をお掘《ほ》らせになり、たしかにお父上のご遺骨《いこつ》をお見出《みだ》しになりました。それで蚊屋野の東の山に御陵《みささぎ》を作ってお葬《ほうむ》りになり、先に、お父上たちに猟《りょう》をおすすめ申しあげた、あの韓袋《からぶくろ》の子孫をお墓守《はかも》りにご任命になりました。

天皇はそれからご還御《かんぎょ》ののち、さきの老婆《ろうば》をお召《め》しのぼせになりまして、

「そちは大事な場所をよく見届《みとど》けておいてくれた」とおほめになり、置目老媼《おきめのおみな》という名をおくだしになりました。そして、当分そのまま宮中《きゅうちゅう》へおとどめになってお手あつくお

もてなしになったのち、改めてお宮《みや》の近くの村へお住ませになり、毎日一度はかならずおそばへ召《め》して、やさしくお言葉をかけておやりになりました。天皇はそのためにわざわざお宮の戸のところへ大きな鈴《すず》をおかけになり、置目《おきめ》をお召しになるときは、その鈴をお鳴らしになりました。

のちに置目《おきめ》は、

「わたくしもたいそう年をとりましたので、生まれた村へかえりたくなりました」

と申しあげました。

天皇は、置目《おきめ》のおねがいをおゆるしになり、それではもう明日《あす》からはそなたを見ることもできないのかとおっしゃる意味の、おわかれの歌をおうたいになりながら、わざわざお見送りまでしておやりになりました。

つぎに天皇は、昔お兄上とお二人で大和《やまと》からお逃《に》げになるお途中で、お弁当を奪《うば》い取った、あの猪飼《ししかい》の老人をお探《さが》し出しになって、大和《やまと》の飛鳥川《あすかがわ》の川原《かわら》で死刑《しけい》にお行《おこな》いになりました。その悪《わる》ものの老人は志米須《しめす》というところに住んでおりました。天皇はなおそのうえの刑罰《けいばつ》として、その老人の一族のものたちのひざの筋《すじ》を断《た》ち切らせておしまいになりました。

四

天皇は、お父上をお殺しになった雄略天皇《ゆうりやくてんのう》を、深くお怨《うら》みになりまして、せめてその御霊《みたま》に向かって復讐《ふくしゅう》をしようというおぼしめしから、人をやって、河内《かわち》の多治比《たじひ》というところにある、天皇の御陵《みささぎ》をこわさせようとなさいました。

するとお兄上の意富祁王《おおけのみこ》が、

「天皇の御陵《みささぎ》をこわすためなら、ほかのものをやってはいけません。わたしが自分で行って、おぼしめしどおりにこわしてきます」とご奏上《そうじょう》になりました。天皇は、

「それではあなたがおいでになるがよい」とおゆるしになりました。意富祁王《おおけのみこ》は急いでお出かけになりました。そしてまもなくおかえりになって、

「ちゃんとこわしてまいりました」とおっしゃいました。

しかし、そのおかえりがあんまりお早いので、天皇は変だとおぼしめし、

「いったいどんなふうにおこわしになったのです」とおたずねになりました。するとお兄上は、

「じつは御陵《みささぎ》の土を少しだけ掘《ほ》りかえしてまいりました」とお答えになりました。天皇は、それをお聞きになって、

「それはまたどういうわけでしょう。お父上の復讐《ふくしゅう》をするのに、土を少し掘《ほ》ってかえられただけでは飽《あ》きたりないではありませんか。なぜ御陵《みささぎ》をすっかりこわしてきてくださらなかったのです」とおっしゃいました。お兄上は、

「そのおおせはいちおうごもっともです。しかし相手の方《かた》は、いくら父上の仇《かたき》とはいえ、一方ではわれわれのおじ上《うえ》であり、またわれわれの天皇のお一人でいらしったお方です。わたしたちがただ父上の仇ということだけ考えて、天皇ともある方の御陵《みささぎ》をこわしたとなりますと、のちの世の人から必ずそしりを受けます。ただ仇はどこまでも報《むく》いねばならないので、その印《しるし》に土を少し掘《ほ》ってきたのです。このくらいの恥《はじ》を与《あた》えたのならば、後世《こうせい》、だれにもはばかることはありますまいから」

こう言って、そのわけをお話しになりました。すると天皇も、

「なるほどそれは道理《どうり》である。あなたのなさったとおりでよろしい」とおっしゃってご満足になりました。

天皇は八年のあいだ天下をお治めになったのち、御年《おんとし》三十八歳でおかくれになりまし

た。天皇はお子さまが一人もおありになりませんでした。それでおあとにはお兄上の意《お》富祁王《けのみこ》が仁賢天皇《にんけんてんのう》としてご即位《そくい》になりました。天皇は大和《やまと》の石上《いそのかみ》の広高宮《ひろたかのみや》へお移りになり、皇后には、雄略天皇《ゆうりゃくてんのう》のお子さまの春日大《かすがのおお》郎女《いらつめ》とおっしゃる方《かた》をお立てになりました。

天皇のおつぎには、皇子《おうじ》小《こ》長谷若雀命《はつせのわかさざきのみこと》が武烈天皇《ぶれつてんのう》としてお位《くらい》におつきになりました。そのおあとには、継体《けいたい》、安閑《あんかん》、宣化《せんか》、欽明《きんめい》、敏達《びたつ》、用明《ようめい》、崇峻《すしゅん》、推古《すいこ》の諸天皇《しょてんのう》がつぎつぎにお位におのぼりになりました。

エッセイ

もうひとつの古事記物語

覚 和歌子

『古事記物語』は大正九（一九二〇）年、児童文学の機運が高められる中、鈴木三重吉氏による「古事記」の翻案現代語訳として刊行された。

活《い》き活きとした口語の親しみやすさは、日本最古の歴史書『古事記』を、子どもにも楽しめ大人にも読み応えのある作品に生まれ変わらせて、大正デモクラシーという時代の活性がここにも及んでいたことを感じさせる。

一方、神々への周到な敬語表現も全編に渡り、当時の知識階級の「先進性」と「伝統に対する敬意」とが混在する文化感覚にも興味をそそられる（古い時代を完全否定したロックンロールの興隆とは大違いである）。

多くがそうであるように、私もまた『古事記』を『古事記物語』によって把握できた日本人の一人だが、詩を書く者としては、物語の中で神々が折に触れて歌を吟ずることは見逃せない。

自らの気持ちを、現場の臨場感を、即興的な歌であらわすことは、太古の神々の習わしだったのだろうか。それとも『古事記』が編纂《へんさん》された時代の流行だったのだろうか。

歌が人心を巻き込む力の絶大さは、時代を問わず誰もが実感するところだ。歌声の響きが心と細胞に揺さぶりをかけ、その韻律が記憶の深層に定着する不可思議は、認知症でありながら歌詞だけは忘れず、歌うほどに覚醒し活発になる私の母を見ればよくわかる。

いくつもの歌とともに進むこの物語が、神々の物語であるのと同時に、歌の詞《ことば》の呪力と神性に支えられているという意味でも、まさしく「神話」なのだと思う。

さて、世界の神話には共通点がたくさんある。エネルギー渦巻くカオスや洪水の原初、主人公の神が出現し世界を創世する。そののち神は〝増殖〟し、太陽と月と海の三神が現れ、豊かな多神教世界が展開されるといった具合だ。

また、神々が織りなすドラマの細部には、「常世《とこよ》／冥界《めいかい》（隠世《かくりよ》）往還」「見るなのタブー（オルフェウスとユーリディス、伊弉諾《いざなぎ》と伊弉冉《いざなみ》など）」「兄弟の諍《いさか》い（カインとアベル、海幸彦山幸彦《うみさちひこやまさちひこ》など）」「ワニだまし（因幡《いなば》の白兎、[*1]猿と鰐《わに》など）」といったエピソードの類型が、それぞれのお国柄で味付けされて繰り広げられることとなる。

神話が似かようのは、大昔の人類の移動や交易とともに文化が伝播《でんぱ》して行った結果なのだろうが、[*2]〈百匹目の猿〉よろしく、往来のない民族同士が全く同じ発想をするというシンクロニシティがあったと考えると心がときめく。

子どもの頃、昔話や外国の神話を好んで読んだ。聞いたような話だなあと思い当たるたび、どことないワクワク感と心地よさをいだいたのは、なぜだったろうか。

創作家や表現者たちは特に、人間同士が深層意識や記憶を共有していることを身をもって感じている。

瞑想《めいそう》的に自分を深く降りて行った場所で触れるアイディアや情報は、それを作品化した時に受け手から得られる共有度が高い。つまり「それって、わかる」と共感してもらえる度合いが大きいのだ。

神話も人間が創作し、集合無意識から拾い上げた「物語」だとすれば、神話を読む私たちは、心の深みにおいて孤独ではないのかもしれない。

ところで、私は米国の大学で日本語クリエイティブライティング授業の講師を務めている。ある時学生のMくんが教員室を訪ねてきた。

彼は日米のハーフ、完全な日本語ネイティブスピーカーである。比較文学専攻で、授業では的確な回答ぶりと思慮深げな佇《たたず》まいが印象の学生だが、実はこのMくん、日本人の母方の「霊的」能力を遺伝的に受け継いでいて、そのせいでこの世ならぬもの——事故現場で自分が死んだことがわからずにいる半透明な子どもや、森では話しかけてくる樹々《きぎ》の精霊など——とたびたび通じてしまうらしい。

折に触れ、日本の詩は祝詞《のりと》が発祥で「神」や見えないエネルギーと親和性が高いなどと話している私なら、異世界の話に耳を傾けてくれると踏んでいるようで、こうしてしばしばやってくる。

「ここのところ何度もくり返して見る夢があるんです」とMくんは話し出す。

「男が出て来て、自分はスサノオだと名乗るんです。知的な風情《ふぜい》で、無駄のない身体《からだ》にピッタリとした衣服をつけています」

「スサノオは肉体を持った地球人なのですが、未来の位相から次元移動してきて、太古の人類に技術を教えたそうです。まず器（受け取ること）の概念とその作り方を、次に数の概念と数え方を」

「〈分かち合い〉が目的で教えたのに、人間はそれを〈占有と管理〉に使うことに走ったと、嘆いていました」

与太話にしては念入りなのである。

「彼は過去の人類の過《あやま》ちを修整しに来たのだと言いました。未来人ではあるが神ではないと」

〝御業《みわざ》〟をもって人々が彼を神格化してしまったということかな、と私。

「はい、当初は。しかしそれを利用して宗教化したのはスサノオ自身で、その方が人心をまとめやすかったからだそうです。私は現代語で記紀を読みましたが、私の夢のスサノオの話と記紀の記述があまりにも違うということに、かえってとても興味を惹《ひ》かれました」

王権が自らの権力統治に正統性を持たせるために、神の系図と物語を創作してその末《まつ》裔《えい》を名乗るというのは、各国神話の共通点だよね。

「はい。だからこそ、記紀の中で太陽神アマテラスを統治者（天皇家）の始祖と尊《たっと》び、対するスサノオを幼稚な暴れん坊と位置付けて貶《おとし》めれば貶めるほど、逆に実際のスサノオは権力側の畏怖に値する、いわば全能の神的存在だったことの証《あかし》のように思えるんですよ。夢で彼が言うような」

いつもは大人びたMくんが、少年のような瞳でそう言った。

実際はもっと多岐にわたる夢の描写をここでは割愛せざるを得ず、何しろ夢なので不条理もある。でも、私には十分エキサイティングだったよ。

「先生には楽しんでいただけると思っていました。でも信じなくていいです。ただの夢なので。聞いてくださってありがとうございました」

こちらこそ、と、私もMくんにお礼を言った。

それから何年かあとのこと。Kさんは芸能関係者で、子どもの頃母親からやはり霊感のあることを他言するなと戒《いまし》められたという人である。不便なことも多いので、こんな能力は要らないと思って暮らしてきたそうだ。どうも私はそういう人々を引き寄せる。Mくんの夢のことを思い出して話すと、Kさんは世間話でもするかのように「面白いですね。私の〝上の人〟にもスサノオのこと聞いてみましょうか」と言って、両手で目を覆った。数年前につながったというその存在と話すときは、いつもそうするのだと言った。

「えーと、スサノオは火の取り扱いの禁忌《きんき》についても人間に教える予定だったそうです。しかしその前に人間が勝手に使い始めてしまって、その挙句《あげく》の好き放題が現代の核問題につながっていると」

ふとギリシャ神話のプロメテウスやパエトーンのエピソードを思い出す。

「それと、UFOの技術は今米軍などで研究されている最中で、未来ではそれが次元移動できる乗り物として使われているそうです。スサノオもそれに乗って古代の出雲《いずも》に来たと言ってます。ちなみに宇宙人はエネルギー体なので、移動には乗り物を使わないそうです」

ただならないにもほどがある話の数々だが、同時にえも言われぬ訴求力があり、「もうひとつの古事記」を書きたくなるほどである。これもMくんとKさんの共有する情報の源泉、ある種の集合無意識のなせる業《わざ》なのだろうか。

神話が口承されていた時代、私たちはMくんやKさんのような能力を普通に身につけていたかもしれない。仲間同士自立しながら共有する深い意識を持っていて、そこで繋《つな》がりながら人間は一人ぼっちではないことを実感できていたのかもしれない。

「もうひとつの古事記」を礎《いしずえ》にして時を進めていたら、と考える。その世界線の日本には、今よりも健《すこ》やかで実のある世の中が待っていたように思えてならない。

＊1　フィリピンなど東南アジアの民話に多くある。

＊2　生物学者ライアル・ワトソンが、ニホンザルの芋洗い行動を例として提唱した説。群れの中で行われるようになったある行動・振る舞いをする個体が一定の数を超えると、それが、合図であったかのように同種の他集団にも伝播するという現象。

（かく・わかこ／作詞家・詩人）

本書は、赤い鳥社より一九二〇年に発行された『古事記物語』を底本に、「序」「朝鮮征伐」を除いた上巻・下巻を一冊として収録しました。底本の旧漢字・旧かな遣いは新漢字・新かな遣いとし、他版を参照しつつ一部読みやすいように表記を改めました。また、本作品集には、今日の人権意識から見て不適切と思われる表現が含まれていますが、作品の背景、著者が故人であることなどを考慮して、底本の表記のままとしました。

Haruki Bunko
ハルキ文庫

す 8-1

古事記物語《こじきものがたり》

著者 鈴木三重吉《すずきみえきち》

2022年9月18日第一刷発行

発行者 角川春樹

発行所 株式会社角川春樹事務所
〒102-0074 東京都千代田区九段南2-1-30 イタリア文化会館

電話 03(3263)5247(編集)
03(3263)5881(営業)

印刷・製本 中央精版印刷株式会社

フォーマット・デザイン 芦澤泰偉
表紙イラストレーション 門坂 流

ISBN978-4-7584-4517-7 C0193
http://www.kadokawaharuki.co.jp/[営業]
fanmail@kadokawaharuki.co.jp[編集] ご意見・ご感想をお寄せください。